二見文庫

絶倫王子

睦月影郎

目次

絶倫王子

第一章　淫気を読む

1

「やっぱり、こんな作品じゃダメですか……」

「ああ、まだまだだね」

言われて、浩司《こうじ》は肩を落とした。

牧田《まきた》浩司は、十九歳の大学二年生。今日は、知り合いの官能作家、月影《つきかげ》吾郎《ごろう》に送っておいた原稿の感想を聞きに来たのだ。

吾郎とはソーシャルネットで知り合い、浩司が一人暮らしをしているアパートから歩いて数分のところに彼の家があったので、何かと出入りさせてもらうようになって半年になる。

吾郎は一軒家に一人暮らし、一階では骨董品屋も営む、還暦になるスキンヘッドの巨体である。官能小説の著作も多く、女性には優しいが男には素っ気ないと聞いていたのに、浩司はどこが気に入られたものか、持ち込み原稿を読んでくれたのだった。

浩司は日本文学を専攻し、親には国語教師が志望と言っているが、実際は作家になりたかった。

そして童貞の悶々としたエネルギーを持て余して官能小説を、何とか文庫一冊分を書き上げて吾郎に読んでもらったのである。

「超能力ものの官能は難しいんだよ。だいいち、朝起きたら超能力者になっていた、なんて冒頭は良くないね。早く好きな濡れ場を書きたいのは分かるけど、そこへいくまでの過程をもっともらしく描写していかないと」

吾郎が、タバコの煙をくゆらせながら言う。

「はい……」

「濡れ場も未熟だから経験を積まないと。じゃ、また書いたら見てあげるから」

「ありがとうございました。では失礼します」

浩司は礼を言い、吾郎の家を出た。

(でも、本当に朝起きたら超能力者になっていたんだから仕方ないよな……)

浩司は歩きながら思った。

超能力、と言ってよいのかどうか分からないが、とにかく彼には特殊な能力が身についているのである。

ただ、まだ使っていないだけだ。

最初の自覚は、中学二年、初めてのオナニーをして快感を味わい、翌朝に目覚めたときだった。

その際に絶大な力が身の内に漲り、激しい性欲を覚えて、以来日に最低五回は射精しないと落ち着かなくなった。

朝目覚めたら抜き、昼休みに学校のトイレで抜き、放課後は文系部室で抜き、夜の寝しなに二回。これが土日となると、もっと増えた。

もちろんオナニー回数が人より多いというだけではない。修学旅行の入浴で比べても、浩司のペニスは誰より大きく、しかも硬軟も自在で、射精してもすぐに回復し、一度など連続七回の射精という記録もある。

さらには、人の淫気のバロメーターが読み取れるのではないかという気がしているのである。

というのは、まだ未経験のため、実践で確認していないのだ。

浩司は幼い頃から本ばかり読み、スポーツはまるでダメ、身長は標準だが痩せ型で、色は白く手足は細かった。

中学は図書委員、高校では文芸部に属し、好きな子もいたが専《もっぱ》ら妄想のみで、ひたすら過度なオナニーに明け暮れていたのである。

性格がシャイで消極的、性欲は絶大にあるのに、どうにも今まで異性にアタックする勇気が出ず、未だにファーストキスも知らない童貞だった。

そこで、十代のうちにそろそろ体験しなければと思い、その妄想を官能小説に綴ったのだ。童貞にしか書けない官能小説もあると思ったのだが、やはり内容は未熟だったようだ。

（やっぱり、思い切って体験しよう……）

今まで何度となく思っただけで果たせなかった決心を、あらためて彼は胸に抱いたのだった。

と、そのとき携帯に着信があり、浩司はメールを見た。

女性からのわけもなく、相手は西川純也《にしかわじゅんや》だった。純也は同級生だが、一浪したため、もう二十歳である。

「合コンで一人足りなくなったから、五時に来てくれ」

メールにはそのように書かれ、居酒屋の場所が添えられてあった。

年上だからと言って、大人しい浩司を何かと子分のように扱うのが不快だったが、いま積極的に女子に近づこうと決心した矢先なので、彼も承諾の返事をしておいた。

もう四時過ぎなので浩司はアパートへ戻らず、そのまま駅へ行って二駅乗り、新宿にある指定の店へと向かった。

「もしかして牧田先輩？」

と、駅を出たところで彼は声を掛けられた。振り向くと、見覚えのある可憐な美少女。

「うわ、亜由《あゆ》ちゃんか」

「ええ、お久しぶりでした。こんなところで会えるなんて」

思い出して言うと、彼女も笑みを浮かべて答えた。

彼女、横山《よこやま》亜由は高校時代の一級下、文芸部の後輩だった。セミロングの髪に笑窪《えくぼ》と八重歯、高校の制服ではないが顔立ちも体型も当時のままで、清楚な私服姿が初夏の日に輝くようだった。

浩司が放課後に、部室でこっそり妄想オナニーしていたときは、常に思い浮かべていた子だった。高校の卒業以来会っていなかったから、一年と三カ月ぶりである。

「そうか、大学に入って上京していたんだね」

「ええ、会えて嬉しいです。先輩も変わってませんね」

女子大の一年生になった亜由は言い、ふんわりとした甘い髪の匂いを揺らめかせた。

浩司と同じ魚座だから、まだ十八歳のはずだ。

実家は互いに横須賀市で、浩司は高円寺のアパート、亜由は西荻窪だから同じ沿線であった。

「これからどこへ？」

「気が進まないけれど、初めての合コンなんです。それともドタキャンして先輩と一緒にいようかしら」

亜由が透き通った笑顔で言う。高校時代から明るく天真爛漫で、無口な浩司のことも気にせず何かと話しかけてきた。キスさせてと言ったら、応じてくれないまでも冗談として笑ってくれるのではないかと思い、いったい何度言おうとしたことだろうか。

（女子大に入学して二カ月、まだ処女だろうな……）

浩司は思い、突然懐かしさと嬉しさで激しく勃起してきてしまった。

「合コンて、どこ？　もしかして」

訊くと、果たして同じ居酒屋だった。亜由もまた先輩に誘われて来たらしい。

「まあ、牧田先輩が一緒なら心強いです。あ、うちの先輩もいました」

一緒に居酒屋に歩いていると、亜由は先を行く女性に気づいて声を掛けた。

「辰美《たつみ》先輩」

長身の彼女が振り返った。

「亜由、まあ、彼氏？」

ショートカットの、きりりとした美女が亜由と浩司を見て言った。

「いえ、これから合コンする相手で、高校の先輩だったんです」

「そう、新藤《しんどう》辰美です」

彼女が言い、浩司も自己紹介した。

辰美は四年生の二十一歳。剣道部主将だったようだが引退し、ようやく合コンに来られる余裕が出てきたらしい。

どうやら今回の合コンは、同学年ではなく、各学年が混在しているようだ。

やがて居酒屋に入ると、すでに純也と数人の男女が早めに来て待っていた。

「何だ、もう知り合ったのかよ」

亜由と辰美と入ってきた浩司を見て、純也が微かな嫉妬と羨望の色を見せて言った。

「ええ、さっき」

浩司は曖昧に答え、亜由の向かいに座った。

やがて時間前に全員が揃い、男女五人ずつで乾杯した。

もちろん亜由は烏龍茶で、浩司も生ビールのジョッキ一杯だけで、あとはソフトドリンクにするつもりだった。

「じゃはじめようか。女子の皆さん、僕と出会ってよかったね」

薄っぺらな二枚目である純也が、最初から調子よく言った。

もちろん彼は童貞ではないだろうが、傍から見て軽いだけで、妙な自信に満ち溢れていて鼻につく奴だった。女性を愛するというより自分のことが一番好きで、もしセックスしたにしても、また一人落としてラッキーと思うだけで、女体の隅々まで愛でたりはしないだろう。

そのまま純也は、どうでもいい男女論をまくし立てた。

凛然《りんぜん》とした辰美などは眉をひそめ、他の女子大生たちも追従《ついしょう》笑いを浮かべているだけである。

(どうせシャワーを浴びる前の足の指や肛門を舐めないバカなんだろうなあ)

耳障りな弁舌を聞きながら、浩司は思った。

(何がストックホルム症候群だバカ。そんな言い古された言葉をしたり顔で言うんじゃねえバカ)

浩司は心の中で毒づきながら、正面の亜由を見つめた。

2

「ううん、ちょっと難しかったかなあ」

あまりに受けないので、少し疲れたように純也が言い、ビールを飲んだ。

レベルが低いと思われた女性たちは少々むっとしながらも反論はせず、やがて少しずつ他の男子たちに話しかけ、ようやく純也の独演会が終わって合コンらしくなってきた。

浩司も、こうした会に参加するのは初めてである。

この一年余り、大学での講義以外は読書と執筆に明け暮れていたのだ。

「ね、ビール少し下さい」

亜由が、浩司のジョッキを見て言った。

「まだ早いよ」

「ほんの一口だけ」

亜由は愛くるしい笑みを浮かべて言い、彼のジョッキを手にして一口飲んだもののすぐに返してきた。

「苦いわ」

「うん、だからまだ早いってば」

浩司は苦笑してジョッキを受け取った。

「何だ何だ、お安くねえな」

受けないためひたすら飲み続けていた純也が、呂律の怪しい口調で言ったが、浩司は無視してビールを飲み干した。

(え……、何だか違う……)

そのとき、浩司の身の内に異変が起こった。以前から、射精回数と勃起力だけが特殊能力だと思っていたが、それだけではなかったのだ。

どうやら、ジョッキに僅かに付着した亜由の唾液が引き金になったのだろうか。

生まれて初めて異性の体液を吸収した瞬間、浩司の本当の能力が開花したのである。

前から、相手の淫気が分かる気がしていたが、それがさらにはっきりした。

亜由の心の中を、はっきり読み取ることができるようになっていたのだ。

彼女は上京して一人暮らしが二カ月、まだ先輩の辰美以外に親しい友人もおらず、寂しい思いをしていたようだ。そこへ浩司と再会したので、郷愁とともに彼への好意が増大していた。

(で、できるかも知れない……)

彼は思い、さらに股間を熱くさせた。

亜由の心には、キスやセックスへの好奇心、快感への憧れがはっきりと見え、それが目の前にいる浩司に向けられていた。

それで彼女がキスも知らない処女だということがはっきりし、クリトリスへのオナニーが週に三回ほど、かつて指を入れてみたことが一回あることも分かってしまった。

(相手の体液を吸収すると、その心を読むことができる……)

浩司は確信した。さらにセックスすれば、もっと細かな心の機微まではっきり読み取ることも可能だろう。

いったい自分の中に、なぜこんな能力が生まれたのか分からないが、初の精通の日から徐々に成長してきて、間もなく完全に開花しようとしているようだった。

やがて合コンも一時間半を過ぎ、料理もあらかた空になった。

その間、浩司は亜由と母校の話などして、たまに辰美も話しかけてきて、それなりに盛り上がった。

他の女子たちも純也以外の男と談笑し、いい雰囲気だった。

純也のみ相手にされないので泥酔に近くなり、女子にからんでは完全に無視され不機嫌になっていた。

「じゃ、私たちそろそろ」

辰美が言い、女子たちは最初の取り決めである参加費を幹事の純也の前に置いて立ち上がった。

「ね、私たちカラオケ行くけど、辰美先輩もいかがですか」

女子たちが言い、辰美も頷いた。

「亜由はどうする？」

「私は帰ります。牧田先輩に送ってもらうので」

「そう、じゃ浩司君、よろしくお願いね」

辰美も、すっかり打ち解けて彼にそう言い、酔いながら会計している純也を置いて店を出た。

「辰美先輩、おつかれさまでした」

「じゃ、また月曜に」

亜由が言うと辰美が答え、連中はカラオケボックスの方へと去り、浩司は亜由と一緒に別方向へ行った。

「おい、みんなどこへ行ったんだ！」

店から出て来た純也が、追い縋《すが》るように浩司に言った。

「カラオケ行きました」

「どこの」

「分かりません。じゃ僕らも行きますので」

「待てよ、おい……！」

摑んでくる手を振り払うと、酔いが回っている純也は尻餅を突いた。

その隙に浩司と亜由は足早に立ち去り、路地を曲がった。

「困った人ね」

「うん、でも今日は彼のおかげで亜由ちゃんに会えたから」

「そうね。それより牧田先輩は酔っ払ってない？」

歩きながら、亜由が聞いてきた。

「うん、まだ時間も早いし、少し休んでいこうか」

実際は酔ってなどいないが、浩司は思い切って言った。ちょうどラブホテル街が見えてきたのである。

「帰りは西荻まで送るからね」

「ええ、じゃどこかへ入りましょう」

亜由は、喫茶店ぐらいのつもりで答えた。

「ね、どんなふうになってるのか、ここ入ってみたい。いい?」

浩司は緊張と興奮に、本当に酔いが回ったように目眩《めまい》を起こしている感じで言って、一軒のラブホテルを指した。

「え?　ここ……?」

「うん、一度入ってみたいんだ。いけないことは決してしないから」

促すと、亜由も小さく頷いて従った。心の読みは間違っていなかった。

二人で足早に中に入ると、各部屋のパネルがあり、浩司は戸惑いながらボタンを押してフロントに行った。そこで金を払ってキイを受け取り、エレベーターで五階まで上がった。

ランプの点《つ》いている部屋に入ってドアをロックすると、彼は生まれて初めて女の子と密室に入った。

中はダブルベッドがあり、小さなテーブルとソファ、テレビと冷蔵庫がある。

浩司はバスルームへ行って湯を溜めて戻ると、亜由がソファに座って身を硬くしていた。

冷蔵庫を開けるとサービスドリンクがあったので二つ出して置き、彼は亜由の隣に座らず、上着を脱いだ。

「ね、せっかくだからお風呂入ってくるから待っててね」

言うと、亜由も小さくこっくりした。

心根《こころね》を読んでみると、彼女も興奮と緊張に相当舞い上がっている様子なので、まず一人で逃げ出すようなことはないだろう。

浩司は脱衣所に行って手早く服を脱ぎ、歯を磨きながらシャワーを浴びた。

(いよいよ初体験だぞ……!)

彼は思いながら、腋と股間をボディソープで洗い、念入りに歯を磨いて放尿まですませた。

そして身体を洗い流して口をゆすぎ、身体を拭いてバスルームを出た。さらに脱衣所にあったマウスウオッシュでうがいをした。

腰にバスタオルを巻いて部屋に戻ると、亜由は、さっきのままの姿勢で待っていた。

浩司はベッドに潜り込み、彼女を誘った。

「ね、嫌でなかったら来て。大丈夫なところまで脱いで欲しい」

言うと亜由は立ち上がり、カーディガンを脱いでこっちに来て、迷うようにベッドの端に座った。

浩司は布団の中で腰のバスタオルも取り去り、激しく勃起しながら胸を高鳴らせた。

「ねえ、これも脱いで。できれば全部」

彼は言い、亜由のブラウスとスカートの腰に触れた。

すると彼女も、黙々とブラウスのボタンを外しはじめてくれた。

いつもなら明るい彼女が黙りがちなので、一見不機嫌か怖がっているのかと思ったが、心の中を読むと、すでに亜由の頭の中には二人が全裸で抱き合っている想像が浮かんでいた。

ためらいがちなのは、軽い女と思われたくなかったからのようだ。

それでも好奇心が先に立ち、亜由もブラウスを脱ぎ去り、スカートのホックを外し、一回立ち上がって脱いでいったのだった。

3

「ね、これも全部」

再びベッドの端に座った亜由に言い、浩司はブラの背中のホックに手をかけ、迷いながらようやく外した。

すると彼女は胸を隠しながら添い寝し、布団の中で最後の一枚も脱ぎ去ると、丸めて枕の下に隠した。

「ああ、嬉しい……」

互いに全裸になり、浩司は感激に声を震わせながら彼女を抱きすくめた。

しかも彼は、年下の美少女に甘えるように腕枕してもらい、その腋の下に鼻を埋め込んだのだ。

「あん……」

亜由は小さく声を洩らしながらも、羞恥を堪えるようにギュッときつく彼の顔を抱きすくめてくれた。

腋の下は生ぬるくジットリ湿り、甘ったるく可愛らしい汗の匂いが馥郁《ふくいく》と籠もっていた。何度も嗅いで美少女の体臭を胸に刻みつけてから舌を這わせると、スベスベの感触が伝わったが、あまり汗の味は感じられなかった。

「アア……」

亜由が、くすぐったそうに身をくねらせて喘いだ。

さらに彼は移動し、薄桃色の清らかな乳首にチュッと吸い付き、柔らかな膨らみに顔中を押し当てて感触を味わいながら舌で転がした。

「あう、ダメ、くすぐったいわ……」

亜由がか細く言い、舐めながら心根を覗くと、

(私も歯を磨いてシャワー浴びたいわ……)

という気持ちとともに、初めての感覚が次第に全身に広がっているようだった。

もう片方の乳首も含んで舌を這わせると、陥没しがちだった乳首も徐々に突き立ってコリコリと硬くなってきた。

乳房は張りがあって形よく、これからもっと豊かになりそうだった。

やがて左右の乳首を交互に味わってから、浩司は滑らかな処女の肌を舐め下りていった。

愛らしい縦長の臍を舐め、張りのある腹部に顔中を押し付けると、何とも心地よい弾力が伝わってきた。

下腹もスベスベの肌がピンと張り詰めていたが、まだ勿体ない気がして股間には向かわず、初めての女体を隅々まで探検することにした。

腰からムッチリした太腿に降り、ニョッキリとした健康的な脚を舐め下りていった。

亜由はもう何も考えるのを止め、ただ息を震わせ、たまにピクンと反応しながら、じっと身を投げ出してくれていた。

浩司は足首まで下りると、足裏に回り込んで顔を押し付け、踵《かかと》から土踏まずに舌を這わせながら、縮こまった指の間に鼻を押しつけて嗅いだ。

高校時代、何度亜由の上履きを嗅ぎたいと思ったことだろう。

それが今は、生身に触れているのだ。一年ちょっと我慢すれば触れられるんだぞ、と当時の自分に教えてやりたかった。

指の股は汗と脂にジットリ湿り、ムレムレの匂いが可愛らしく濃厚に沁み付いていた。

浩司は何度も鼻を割り込ませて嗅いでから、爪先にしゃぶり付き、順々に指の間に舌を潜り込ませていった。

「あう、ダメよ、汚いから……」

亜由が驚いたように呻き、彼の口の中で、唾液に濡れた指でキュッと舌を挟み付けてきた。

浩司は味わい尽くし、もう片方の足裏と指の間も念入りに味と匂いを堪能してから、やがて彼女を俯《うつぶ》せにさせた。

すると亜由も、股間を見られるのが恥ずかしかったか、すぐにゴロリと寝返りを打って腹這いになってくれた。

彼は踵からアキレス腱、脹《ふく》ら脛《はぎ》とヒカガミを舐め上げ、ムチムチした白い太腿から尻の丸みをたどり、腰から背中を舐め上げていった。

肌の前面と違い、背中はうっすらと汗の味がした。

「く……」

滑らかな背中を舐めると、そこもくすぐったいのか、亜由が顔を伏せたまま小さく呻《うめ》いた。

肩まで行くとセミロングの髪に顔を埋め、汗とリンスの匂いを嗅ぎ、さらに耳の裏側も嗅いで舌を這わせ、再びうなじから背中を舐め下りていった。

たまに脇腹にも寄り道して、軽く歯を立てると、若々しい肌の弾力が伝わってきた。

そして形よい尻に戻ると、彼は俯せのまま亜由の股を開かせ、真ん中に腹這い谷間に顔を寄せた。

指でグイッと双丘を広げると、奥には薄桃色の蕾がひっそりと閉じられ、視線を感じたようにキュッと引き締まった。

何て綺麗な蕾だろう。単なる排泄器官が、こんなにも美しい必要があるのだろうか。

彼は充分に眺めてから鼻を埋め込むと、双丘が心地よく顔に密着してきた。

蕾には、淡い汗の匂いに混じって秘めやかな微香が可愛らしく籠もり、浩司は何度も吸い込んで胸を満たしてから舌を這わせはじめた。

細かに震えるピンクの襞を舐めて濡らし、舌先を潜り込ませてヌルッとした粘膜を味わうと、

「あう……、ダメ……」

亜由が顔を伏せたまま呻き、キュッと肛門で舌先を締め付けてきた。

浩司は構わず舌を出し入れさせるように動かし、顔中で美少女の白く丸いお尻

を味わった。

(亜由のお尻の穴を舐めているんだ……)

彼は感激に胸を震わせ、やがて顔を引き離して再び亜由を仰向けにさせた。

彼女も素直に寝返りを打つと、浩司は片方の脚をくぐって股間に陣取って顔を寄せた。

白く滑らかな内腿を舐め上げ、とうとう女体の神秘の部分に迫っていった。

ぷっくりした股間の丘には、柔らかそうな若草がほんのひとつまみ煙り、肉づきがよく丸みを帯びた縦線の割れ目からは、僅かにピンクの花びらがはみ出し、驚くほど大量の蜜が溢れているではないか。

浩司は感激と興奮に息を弾ませ、そろそろと指を当てて陰唇を左右に広げていった。

「う……」

触れられた亜由が小さく呻いて、ピクリと内腿を強ばらせた。心根を読んだが、あまりの羞恥に混乱してばかりいるようだ。

中はさらに清らかなピンクの柔肉が、蜜にまみれてヌメヌメと潤っていた。

まだ無垢な膣口はバラの花弁のように細かな襞が入り組んで息づき、その上にポツンとした小さな尿道口も確認できた。

そして包皮の下からは小粒のクリトリスが、真珠色の光沢を放って顔を覗かせていた。

股間全体には熱気と湿り気が渦巻き、浩司はいつまで見ていても飽きないほど女性器の艶めかしさに見せられていた。

「そ、そんなに見ないで……」

亜由が、彼の熱い視線と息を股間に感じ、声を震わせて言った。

やがて浩司も、吸い寄せられるように美少女の中心部にギュッと顔を埋め込んでいった。

「あう……」

彼女が息を詰めて呻き、思わず反射的に内腿でムッチリと彼の両頬を挟み付けてきた。

浩司も彼女のもがく腰を抱えて押さえながら、柔らかな若草に鼻を擦りつけて執拗に嗅いだ。隅々には、腋に似た甘ったるい汗の匂いが濃厚に籠もり、それにほんのりしたオシッコの匂いも可愛らしく入り混じり、悩ましく鼻腔を刺激してきた。

「いい匂い」

「やん、嘘……」

思わず嗅ぎながら言うと、亜由が激しくビクッと内腿を締め付けながら激しい羞恥に声を震わせた。

彼は何度も深呼吸して美少女の体臭で胸を満たし、舌を這わせはじめた。

陰唇の表面は、汗かオシッコか判然としない微妙な味わいがあり、中に差し入れて膣口の襞をクチュクチュ掻き回すと、淡い酸味のヌメリが舌の動きを滑らかにさせた。

そして生温かな蜜を味わいながら柔肉をたどり、ゆっくりクリトリスまで舐め上げていくと、

「アアッ……」

亜由が顔を仰け反らせて熱く喘ぎ、内腿に激しい力を込めて悶えた。

やはりオナニーしているだけあり、クリトリスが最も感じるのだろう。

味と匂いを堪能しながら舐め、亜由の心根を覗いてみると、大部分が羞恥、それに快感と悦びも混じりはじめていた。

クリトリスを吸いながら指を膣口に挿し入れていくと、さすがにきついがヌメ

リが多いので、すぐにヌルヌルッと吸い込まれていった。

光司はクリトリスを愛撫し、指を小刻みに動かして内壁を刺激した。

4

「ああ……、ダメ、変になりそう……」

亜由が声を上ずらせて喘ぎ、激しくクネクネと腰をよじらせた。

やはり処女には刺激が強すぎるのだろう。心根を読んでも、やはり初めての感覚を探る様子で、混乱していた。

浩司も指を引き抜き、溢れた蜜を舐め取ってから、ようやく顔を上げて股間を進めていった。

すっかり高まり、愛液も充分すぎるほど溢れているので大丈夫だろう。彼は幹に指を添え、張りつめた亀頭を割れ目に擦りつけてヌメリを与えた。

「いい……?」

訊くと、亜由も覚悟を決めたように小さくこっくりした。股間を舐められる羞恥より、早く一つになって抱き合いたいのだろう。

充分に先端を濡らすと、浩司は気が急《せ》く思いを抑えながら陰唇の間に押し付けて位置を探った。

やがてヌルッと張り詰めた亀頭が、処女膜を押し広げて潜り込んだ。

「あう……!」

亜由が眉をひそめて呻いたが、何しろヌメリが充分なので、浩司はそのままズブズブと根元まで深々と貫いていった。

すると亜由は、もう声を出す余裕もなく身を強ばらせた。

浩司は、肉襞の摩擦と熱いほどの温もり、きつい締め付けを感じながら股間を密着させ、処女を奪った感触と感激を嚙み締めながら両足を伸ばし、身を重ねていった。

肌を合わせると、亜由も下から夢中で両手を回してしがみついてきた。

(ああ、とうとう一つになった……)

浩司は、まだ動かず温もりを味わいながら悦びを胸に刻みつけた。彼女の心根も初体験をした歓びで満ち溢れているようだ。

そして処女と童貞でも、ちゃんとできるものなのだと思った。

身体中全部舐めた最後になってしまったが、彼は上から唇を重ねてゆき、ようやく念願のファーストキスを体験した。

まさか、股間が密着して一つになった状態で初キスを経験するとは夢にも思わなかったものだ。

唇が密着すると、柔らかな感触とほのかな唾液の湿り気が伝わってきた。

彼女の肩に腕を回し、舌を挿し入れていった。

滑らかな歯並びを舌先で左右にたどると、愛らしい八重歯に触れた。

さらにピンクの引き締まった歯茎まで探ると、亜由の歯が開かれ、侵入を受け入れてくれた。

彼女の鼻から洩れる息は匂いが薄かったが、口の中は、熱く湿り気のある甘酸っぱい芳香が悩ましく濃厚に満ちていた。

浩司は美少女の息を嗅ぎながら舌をからめ、滑らかな感触と清らかな唾液のヌメリを味わった。

「ンン……」

亜由もファーストキスの感激に熱く鼻を鳴らし、舌を蠢かせてきた。

浩司は執拗に美少女の舌を探り、唾液と吐息を心ゆくまで貪った。

舌をからめるうち彼女も淫気を高めたか、心なしか愛液の量が増え、息づくような収縮も激しく繰り返された。

やがて彼も快感と興奮に包まれ、もう我慢できず様子を探るように小刻みに腰を動かしはじめた。

引き抜きつつ、再びズンと突き入れ、それを繰り返すうち律動が滑らかになっていった。

「ああッ……」

亜由が息苦しそうに口を離して喘ぎ、浩司も果実臭の息を嗅ぎながら次第に勢いをつけて突き動かした。

彼女は初回からオルガスムスを得るはずもないので、長引かせる必要もなく、浩司は我慢せず一気にフィニッシュを目指して突き進んだ。

動きに合わせ、クチュクチュと湿った摩擦音が聞こえ、揺れてぶつかる陰囊《いんのう》まで生温かな愛液にまみれた。

「い、いく……」

たちまち昇り詰めてしまい、浩司は声を洩らした。

同時に、オナニーの何百倍もの快感が全身を包み込み、彼は熱い大量のザーメンを勢いよくドクドクと柔肉の奥にほとばしらせてしまった。

すると、そのとき異変が起きたのだ。

「き、気持ちいいッ……！」

噴出を感じた途端に亜由も声を上げ、ザーメンを飲み込むようにキュッキュッと締め付けながらガクガクと狂おしくオルガスムスらしい痙攣を開始したではないか。

あるいは亜由の心を覗き込み続けていたから、こちらの絶大な快感が彼女の中にも流れ込むように伝わっていったのかも知れない。

気持ちよいのなら遠慮は要らないと、浩司は股間をぶつけるように突き動かしながら肉襞の摩擦を味わった。そして心ゆくまで快感を味わい、最後の一滴まで出し尽くしていった。

「ああ……、よかった……」

浩司は徐々に動きを弱めながら声を洩らし、やがて力を抜いて亜由にもたれかかっていった。彼女も力尽きたように身を投げ出し、ただ荒い呼吸を繰り返しているばかりだ。

まだ膣内は収縮を繰り返し、刺激されるたび射精直後のペニスが内部でヒクヒクと跳ね上がるように過敏に反応した。

そして浩司は、亜由の喘ぐ口に鼻を押しつけて嗅ぎ、甘酸っぱい口の匂いで心ゆくまで鼻腔を満たしながら、うっとりと余韻を味わったのだった。

ようやく呼吸を整えると、浩司は横になりたいのを我慢し、身を起こして枕元のティッシュを取りながら股間を引き離した。

手早くペニスを拭き清めると、処女を失ったばかりの亜由の股間に顔を寄せて観察した。

快感は覚えたらしいが、陰唇は痛々しくめくれ、膣口から逆流するザーメンに混じり、うっすらと破瓜の血が混じっていた。

そっとティッシュを当てて処理してやると、微かに亜由がピクンと下腹を波打たせた。

「痛い？」

「ううん……、入ったときは痛かったけど、何だか途中からすごく気持ちよくなって、身体が浮かぶみたいだったわ……」

訊くと、亜由が初めての感覚を探るように答え、後悔はしてなさそうなので安心した。

「今は？」

「少し痛くて、まだ中に何か入っているみたい……」

やはり女の本来のオルガスムスではなく、浩司の絶頂快感が一時的に伝染しただけのようだった。

彼は添い寝せず、亜由の手を引いて立たせ、一緒にベッドを下りるとバスルームへ移動した。

少々フラついていたが、身体を洗い流すと、ようやく亜由もほっとしたようだった。

互いにボディソープで身体を洗い、シャワーの湯で流した。

もう彼女の出血も、もともと少量だったので止まっていた。

(こんなにすんなりできるんだったら、高校時代にしておくんだった……)

浩司は思ったが、やはり今日の偶然の再会が、互いの初体験には最適の日だったのだろう。

もちろん浩司が一回きりの射精で満足できるはずもなく、湯に濡れた美少女の肌と甘い匂いを感じているうち、すぐにもピンピンに回復して元の硬さと大きさを取り戻してしまった。

「ね、こうして……」

浩司は座ったまま、亜由を目の前に立たせて言った。この際だから今まで妄想してきたことを、全て実現したかった。

彼はモジモジと正面に立った亜由の片方の足を浮かせ、バスタブのふちに乗せさせて、開いた股間に顔を寄せた。

「ねえ、オシッコしてみて」

「え……、そんなの、無理よ、絶対に……」

羞恥を堪えて言うと、亜由も驚いたようにビクリと身じろぎして答えた。

彼女の心根を読むと、

(もしかして、牧田君て変態……？　でも本気で欲しがっているみたいだし、そろそろ出したくなってきた頃だから……、でもいいのかしら……)

そんなふうに思いながらも、自然に尿意が高まっていたようだった。

「顔にかかるわ……」

「いいよ、この世で一番好きな亜由ちゃんの出したものだから、綺麗に決まっているから」

尻込みして言う亜由に答え、彼は期待に胸を震わせた。

湯に湿った恥毛に鼻を埋めて嗅ぐと、もう悩ましかった匂いが薄れてしまったが、それでも割れ目内部を舐めると、新たな愛液でヌラヌラと舌の動きが滑らかになった。

「あう……、吸わないで、本当に出ちゃうわ……」

亜由がか細く言い、ガクガクと脚を震わせながら、とうとう尿道口を緩めてしまったのだった。

5

「アア……、ダメよ、やっぱり離れて……」

亜由がポタポタと温かな雫《しずく》を滴らせながら言ったが、浩司は彼女の腰を抱えて口を押し付けた。

間もなくチョロチョロとした細い流れがほとばしり、彼の口に注がれてきた。味と匂いは実に淡く控えめで、飲み込んでみても何の抵抗もなく喉を通過していった。

「ああ……、どうして……」

喉を鳴らす浩司に、亜由は声を震わせながら、徐々に勢いをつけて放尿してくれた。あるいは浩司のオルガスムスが伝わったように、彼の熱烈な思いに亜由も操られはじめているのかも知れない。

（ああ、嬉しい……）

浩司は感激と興奮に包まれながら、夢中で喉を鳴らして飲み込んだが、勢いが増すと口から溢れた分が温かく胸から腹へ伝い流れ、心地よく勃起したペニスを浸した。

しかしピークを過ぎると急に勢いが衰え、やがて放尿は終わってしまった。

浩司は滴る余りの雫を舐め取り、柔肉を掻き回した。

すると新たな愛液が溢れて残尿を洗い流し、たちまち淡い酸味のヌメリが満ちていった。

「あうう……、もうダメ……」

立っていられなくなった亜由が呻き、脚を下ろすと力尽きたようにクタクタと座り込んでしまった。

それを抱き留め、浩司はもう一度互いの全身を洗い流し、彼女を支えて立たせて身体を拭き、バスルームを出たのだった。

ベッドに戻ると、浩司は仰向けになって亜由に腕枕し、彼女の唇に自分の乳首を押し付けた。

「舐めて……」

言うと亜由も素直にチュッと吸い付き、熱い息で肌をくすぐりながらチロチロと舐め回してくれた。

「噛んで……」

さらにせがむと、亜由は遠慮がちに前歯で軽く乳首を挟んだ。

「もっと強く……、ああ、いい気持ち……」

甘美な刺激に、浩司はヒクヒクと幹を震わせながら喘いだ。

亜由も、受け身より気が楽なのか、次第に積極的にのしかかり、彼の左右の乳首を舌と歯で愛撫してくれた。

浩司が亜由の手を握ってペニスに導くと、彼女も恐る恐る触れ、生温かく汗ばんだ手のひらにやんわりと包み、ニギニギと探ってきた。

そっと顔を押しやると、亜由も好奇心を前面に出して移動し、大股開きになった彼の股間に腹這いになって、可憐な顔を迫らせた。

熱い視線と息を感じ、浩司はゾクゾクと興奮を高まらせた。

「こんな大きなものが入ったのね……」

亜由は囁き、なおも幹や亀頭に指を這わせ、陰嚢までいじり、さらに袋をつまんで肛門の方まで覗き込んできた。

心の中を覗き込んでみると、

（ちょっとグロだけど、よく見ると可愛くなってきたわ……。これが私の処女を奪ったのね……）

亜由はそんなふうに思い、次第に物怖じせず弄《もてあそ》んでくれた。

「ね、お口で可愛がって……」

期待に息を震わせて言うと、亜由は何と自分がされたように、まず彼の両脚を浮かせて尻の谷間を舐めはじめてくれたのだった。

「あう……、そんなことしなくていいのに……」

浩司は、申し訳なく思いながらも妖しい快感に自ら両足を抱えて尻を突き出した。亜由も、両の指でムッチリと谷間を広げてチロチロと肛門を舐めて濡らし、ヌルッと潜り込ませてきた。

「く……」

浩司は呻き、肛門で味わうようにモグモグと美少女の舌を締め付けた。

亜由の熱い鼻息が陰嚢をくすぐり、彼女はためらいなく内部で舌を蠢かせてくれた。

ペニスは、まるで内側から刺激されるようにヒクヒクと上下した。

やがて亜由が舌を引き抜くと浩司も脚を下ろし、すぐに彼女は陰嚢を舐め回した。ここも実に感じる部分だった。二つの睾丸を舌で転がし、袋全体を唾液にまみれさせると、亜由は舌先でペニスの裏側を舐め上げ、とうとう先端までやって来た。

指で幹を支え、粘液の滲む尿道口をチロチロと舐め回し、やがて張りつめた亀頭をくわえ、そのままスッポリと喉の奥まで呑み込んでくれた。

相手の心根が読めるのはありがたいが、行為の最中にずっと読んでいては気が散ってしょうがないので、断片的にしか読まないようにしていた。

「アア……」

浩司は夢のような快感に喘ぎ、温かく濡れた亜由の口の中で肉棒を震わせた。

彼女も熱い鼻息で恥毛をそよがせ、幹の付け根を口で丸く締め付けて吸い、内部ではクチュクチュと舌が蠢いていた。

たちまちペニス全体は、美少女の清らかな唾液にどっぷりと浸った。

「気持ちいい……」

言いながら思わずズンズンと股間を突き上げると、亜由も顔を上下させた。

濡れた唇が貼り出した亀頭の傘をヌラヌラと摩擦し、浩司は急激に高まってしまった。

亜由の口に出していいのだろうかというためらいと、清らかなものを汚したい気持ちが交錯し、そのうち昇り詰めてしまった。

「い、いく……、飲んで、お願い……」

彼は口走り、大きな絶頂の快感に全身を貫かれた。

同時にありったけの熱いザーメンがドクンドクンとほとばしり、勢いよく亜由の喉の奥を直撃した。

「ク……、ンン……」

噴出に驚いた亜由が小さく声を洩らしたが、そのまま受け止めてくれた。

セックスで一つになって射精するのも最高だったが、こうして美少女の口に心置きなく出す快感も格別だった。

浩司は股間を突き上げながら心ゆくまで快感を味わい、最後の一滴まで出し尽くしてしまった。

「ああ……」

すっかり満足して声を洩らすと、彼はグッタリと身を投げ出した。

亜由も舌の蠢きと吸引を止め、亀頭を含んだまま口に溜まったものをゴクリと一息に飲み干してくれた。

「あう……」

嚥下とともに口腔がキュッと締まり、浩司は駄目押しの快感に呻いた。

ようやく亜由がチュパッと軽やかな音を立てて口を離し、なおもしごくように幹を握りながら、尿道口に脹らむ余りの雫までペロペロと丁寧に舐め取ってくれたのだった。

「も、もういい、どうもありがとう……」

浩司は過敏に反応し、腰をよじりながら言って彼女を引き上げた。

亜由が舌を引っ込めて添い寝してくると、彼は甘えるように腕枕してもらい、荒い呼吸を繰り返した。

「気持ちよかったのね。私まで、何だかさっきみたいに気持ちよくなったわ」

亜由も息を弾ませて囁いた。どうやら、また彼のオルガスムスが微かに伝わったらしい。

彼女の吐息にザーメンの生臭さは残っておらず、さっきと同じ甘酸っぱくかぐわしい果実臭がしていた。

浩司は美少女の息を嗅ぎながら、うっとりと余韻を噛み締めた。

「ね、高校時代に誘ったら、こうしてくれた？」

「分からないわ……」

美少女の胸に抱かれながら訊くと、亜由は小さく答えた。

やはり、互いに今日が最もいい日だったのだろう。

もっと何度も射精したかったが、あまり遅くなってはいけない。

やがて身を離してベッドを下りると、二人は身繕いをし、亜由は洗面所で少し顔と髪を直した。

そしてラブホテルを出ると、二人で新宿駅まで歩いて中央線に乗った。

浩司は高円寺を通り越して西荻窪で一緒に下り、亜由のハイツまで送って場所を確認した。

亜由の部屋は一階の隅で、開いたドアから中を見ると、広いワンルームで綺麗に整頓されていた。

「お茶飲んでいく？」

「いや、またしたくなっちゃいそうだから、今夜は帰るね」

亜由の誘いは嬉しかったが、浩司は我慢して帰ることにした。

初日にあまりに貪欲になるより、また次回に取っておきたかったのだ。それに亜由も、初体験の日に二回挿入されるのも辛いだろうと思った。

浩司は彼女と別れて大人しく高円寺のアパートに戻った。

そして数々の体験、美少女の感触や匂いを思い出してオナニーしようかと思ったが、その思いを必死で抑えて、彼は猛然と原稿に向かい、記憶が鮮明なうち生き生きと濡れ場の描写に取りかかったのだった。

第二章　お姉さんの女上位

1

「あれえ、濡れ場がよくなってる……」

月影吾郎が、パソコン画面に目を向けながら浩司に言った。

浩司は、五十枚ほどの短編を仕上げ、吾郎に送信してから骨董屋『月影堂』を訪ねたのである。

還暦で独身者の吾郎は、暇なときは店を開けて、ノンビリと帳場の片隅で一服しているのだ。店内にはダブって買ってしまったと思われるコミックや、地方のおかしな土産物、ガラクタ同然の瀬戸物などが並び、要するにガレージセールに毛の生えた程度の店を気ままに開いているのだった。

「さては童貞を捨てたな」

吾郎が浩司に向き直り、丸メガネを押し上げながら言った。

「え、ええ……、先日、高校時代の後輩と再会して」

「やったか。では相手も十代か」

「はい、一つ下の十八歳の処女でした」

「ううん、羨ましい。もっとも初体験は、熟女に手ほどきを受けるのが正しいのだが、無垢同士で大丈夫だったのか」

吾郎は身を乗り出し、興味津々で訊いてきた。

「ええ、戸惑うこともなく、うまくできました」

「そうか。で、この文章に書いてあるように、彼女にはシャワーを浴びさせずに足の指や肛門を舐めて、しかもバスルームでオシッコを飲んだのだな」

「はい、全て経験したことを書きましたから」

「偉い！」

吾郎は大音声を発して、パンと自分の太腿を思い切り叩き、痛そうに擦った。

「ならば、さらに彼女と色々したことを書いて、五十枚の連作を六本仕上げろ。そうしたら出版社に紹介してあげる」

「本当ですか」

「ああ、このレベルなら大丈夫だ。できれば、他の女性との体験も欲しいところだが、この勢いで多くにアタックしてみろ。まさか、一人の女性との愛を貫こうなんて、おかしな考えは持っていないだろうな」

「ええ、いろんな年齢の女性とやりたいです」

「偉い！」

今度は腿は叩かず、声だけだった。

「じゃ、また順々に書くので読んで下さい」

「ああ、頑張って多くの生身を味わって書け！」

吾郎に激励され、浩司は礼を言って月影堂を出た。

梅雨空で、今にも雨が降ってきそうだった。

まだ昼過ぎだ。このままアパートへ帰るか、西荻窪へ行って亜由のハイツを訪ねようか迷った。日曜だから、いるかも知れない。

吾郎に言われたように、他の女性にアタックしたいとも思うが、そもそも知り合いがいないのだから仕方がない。

それに特殊能力を使うにも、まず相手の体液を得なければならないのだ。

まあ強引に唇を奪って、唾液を交換してしまえば彼女の心根を読み取れ、あるいは浩司の強い意志で相手の気持ちも操作できるかも知れないが、まだまだ未知の能力だから無謀な使いかたはできない。

結局欲望に負けて、浩司は高円寺の駅に向かい、亜由が在宅しているかどうか携帯を取り出した。

と、そこへメール着信があった。

見ると、何と女子大四年生の辰美からではないか。時間があったら遊びに来ないかとのことである。先日の合コンのとき、浩司は辰美ともメアドの交換をしていたのだ。

すぐ行きますと返信をし、浩司は指定された阿佐ヶ谷に行った。

すると改札を出たところで、颯爽《さっそう》たる長身の辰美が待っていてくれた。

「早いのね」

「ええ、ちょうど高円寺駅にいたところなので」

浩司は答え、促されるまま一緒に歩きはじめた。

「なんか気になって、呼び出しちゃったわ。亜由の彼氏だったら悪いけれど」

辰美は言い、浩司も曖昧に頷いただけだった。

彼女は化粧気もなく、今日は大学剣道部の後輩たちの面倒を見て、ひと汗流した帰りらしい。だからシャワーも浴びていないらしく、風下にいるとふんわりと甘ったるい汗の匂いが生ぬるく感じられた。

「降ってきたわね」

辰美が足早になって言った。大粒の雨がポツポツと落ちてきて、本降りになりそうな様子だった。

しかし辰美は、すぐにも一軒のマンションに入り、一緒にエレベーターに乗った。どうやら彼女の住まいらしい。

いきなり住居に呼ぶのだから、辰美も大きな欲望を抱えているのではないかと思うと、すぐにも浩司の股間が熱くなってきてしまった。

三階に行って部屋に入ると、２ＤＫ。キッチンもリビングも、体育会系だからがさつかとも思ったが、意外に綺麗に片付けられていた。

サイドボードには大会で好成績を残したトロフィーなどが並び、他の二部屋は勉強部屋と寝室のようだ。

そして室内には、二十一歳の健康美溢れる美女の体臭が甘ったるく立ち籠めていた。

辰美は紅茶を淹《い》れてくれ、リビングのソファに並んで座った。

「はっきり訊いちゃうけど、亜由とは付き合っている？」

彼女が、浩司の横顔を見つめながら本当にはっきりした口調で訊いてきた。

「いえ、おとといの金曜、本当に一年以上ぶりに再会しただけなんです」

「そう、で、その夜に何もなかった?」

見ると、辰美がじっと彼の目の奥を覗き込んでいた。剣道三段らしいが、さすがに目力があった。

「実は、結ばれちゃいました。互いに初めてだったんですけど……」

「そう、正直に言ってくれてありがとう」

彼が答えると、辰美も肩の力を抜いて言った。

「私は、高校時代に彼がいたけれど、女子大に入って別れたわ。何しろ剣道部で一年生なんていうと自分の時間なんか取れずに自然消滅。しかも弱くなると思って彼氏も作らなかったの」

辰美が、自分の話をした。

「でも、この春に引退して、急に残り少ない学生生活が惜しくなったのだけど、合コンでも大した人に出会えなかったわ」

辰美が、紅茶を飲んで言う。剣道は強くても、男女のことには相当に不器用な方らしい。

すでに就職は、静岡で父親が経営している会社に入ることになっているようだ。家が裕福なので、こうした豪華なマンションに住めるのだろう。

「ね、付き合おうとか愛してなんて言わないから、エッチして欲しいの」

また辰美が、大胆に言ってきた。

「亜由と付き合いはじめたばかりなら、ためらいもあると思うけど、覚えたての男の子はどんな女にも欲望が湧くでしょう？　嫌でなかったら」

「い、嫌じゃないですけれど、僕なんかでいいんですか……」

浩司は、すでに激しく勃起しながら答えた。

「ええ、おととい会ったときから、どうにも君が欲しくて仕方がなくなったの」

辰美が言う。スポーツウーマンなら、さらに自分より強くて逞しい男が好きかと思ったら、そうでもないようなのだ。

どうやら、天使のように可憐な亜由がきっかけとなり、急激に浩司の女性運が向いてきたようだった。

「じゃ、構わない？」

「はい、いろいろ教えて下さい」

「そんな、高校生の頃だし、三年以上ぶりだから、よく知っているというほどじゃないけど。じゃ来て」

辰美は気が急くように言って立ち上がり、彼を寝室に招いた。

ベッドは、長身の彼女に合わせるようにセミダブル。リビング以上に甘ったるい匂いが籠もり、あとは作り付けのクローゼットと化粧台があるだけで、カーテンが引かれているが室内は薄明るかった。

「脱いで待っててね。私は練習を終えたばかりだから、急いでシャワーを浴びてくるわ」

「い、いえ、どうか今のままでお願いします。僕は朝シャワーを浴びてきましたので」

寝室を出ようとした辰美を、浩司は必死に押しとどめて言った。やはり女体のナマの匂いだけは得なければ男として失格である。

「まあ、だって普段の時と違って、相当に汗をかいているのよ」

「自然のままの匂いを知ってみたいので、どうか」

浩司は懇願し、彼女の手を握って引っ張った。

「本当にいいの？　知らないわよ。あとで嗅いでみてシャワー浴びてこいなんて言われても、勢いがついてしまって無理よ」

「構いません」

「そう、じゃ脱ぎましょう」

辰美も、相当に淫気を高めているように、すぐにも納得してブラウスのボタンを外しはじめてくれた。

浩司は手早く脱ぎ、先に全裸になってベッドに横になると、枕には辰美の匂いが甘ったるく濃厚に沁み付いていた。

2

「ああ、ドキドキしてきたわ。試合の前よりもっと……」

辰美が言い、とうとう最後の一枚を脱ぎ去ると、引き締まった肢体で浩司に添い寝してきた。

しかし彼が腕枕してもらおうとする前に、辰美がのしかかってきた。

「最初に、好きにしていい？」

辰美が言い、上からピッタリと唇を重ねてきた。

浩司も、柔らかく密着する唇の感触を味わい、花粉のように甘い匂いを含んだ湿り気ある息を嗅いで激しく勃起した。

「ンン……」

辰巳は熱く鼻を鳴らし、ヌルッと長い舌を挿し入れると、貪るように彼の口の中を舐め回してきた。

生温かくトロリとした唾液と舌の蠢きの滑らかさに酔いしれ、唾液を交換したことで彼女の感情が浩司の頭に流れ込んできた。

（アア、可愛い……、こういう大人しそうな子を、前からうんと好きにしてみたかった……）

辰美はそう思いながら、激しく舌をからめてきた。

浩司も、美女の唾液と吐息を味わいながら舌を動かした。辰美が下向きのため舌を伝って唾液が注がれて、彼はうっとりと喉を潤した。

ようやく舌が引っ込められて唇が離れると、さらに辰美は彼の頰から耳まで舐めてゆき、そっと耳たぶを嚙み、耳の穴まで舌を挿し入れてクチュクチュと蠢かせた。

「ああ……」

浩司は妖しい快感に喘いだ。舌の蠢きと美女のリップ音だけが聞こえ、熱い息に耳をくすぐられてゾクゾクと胸が震えた。

そのまま辰美が首筋を舐め下りると、彼は危うく射精してしまいそうな刺激を感じた。やはり男でも首筋は、くすぐったいような快感があるということを新鮮な思いで自覚した。

辰美は彼の乳首に吸い付き、亜由のときのように要求するまでもなく、彼女はキュッキュッと歯を立ててくれた。

「あう……、気持ちいい……」

浩司は呻き、甘美な痛み混じりの快感に身悶えた。

辰美も左右の乳首を交互に吸い、執拗に舐め回しては熱い息で肌をくすぐり、歯で刺激した。

さらに肌を舐め下りながら、辰美は彼の脇腹にもキュッと歯を食い込ませ、浩司は美女に食べられているような快感に高まった。

やがて彼女は浩司を大股開きにさせて真ん中に陣取り、腹這いになって顔を寄せてきた。

「すごい、大きいわ……」

辰美は肉棒を見て言い、まずは陰嚢に舌を這わせた。睾丸を転がし、生温かな唾液で袋全体をまみれさせてから、ようやくペニスの裏側をゆっくり舐め上げてきた。

シルク感覚の舌が滑らかに先端まで来ると、彼女は尿道口から滲む粘液をチロチロと舐め取り、張りつめた亀頭にしゃぶり付いた。

そして吸い付きながらスッポリと喉の奥まで呑み込み、幹を締め付けて熱い息を股間に籠もらせ、口の中でクチュクチュと舌をからめてきた。

「アア……、い、いっちゃいそう……」

浩司は急激に高まって口走ったが、彼女はなおも吸引と舌の蠢きを強め、さらに顔を上下させ濡れた口でスポスポと強烈な摩擦を開始してきたのだ。

(早く出して、飲みたいわ……)

彼女の体液が触れたせいで、辰美の意識が彼の頭に流れ込んできた。どうやら、第一回目は口に受けたいようだ。

男勝りの彼女は、欲望の赴くままに相手を翻弄し、思い通りに操るのが好きなのかも知れない。

それならばと浩司も我慢するのを止め、素直に快感を受け止めはじめた。

下からもズンズンと股間を突き上げると、先端がヌルッとした喉の奥に触れ、

「ク……」

辰美も息を詰めて呻きながら、たっぷりと唾液を分泌させて濃厚な愛撫を繰り返した。

浩司も快感に任せてズンズンと股間を突き上げはじめると、もう我慢できず、たちまちオルガスムスに達してしまった。

「い、いく……！」

大きな快感に全身を貫かれて口走ると同時に、彼はドクンドクンと勢いよく熱い大量のザーメンをほとばしらせ、辰美の喉の奥を直撃した。

「ンン……」

彼女も噴出を受け止めて呻き、さらにチューッと強く吸い付いた。

「あう……」

吸われると、ドクドクと脈打つリズムが無視され、まるでペニスがストローと化し、何やら陰嚢から直接吸い出されて魂まで抜かれるような快感に襲われて彼は呻いた。

出し切ると、浩司はグッタリと身を投げ出した。

すると、ようやく辰美も吸引と舌の蠢きを停め、亀頭を含んだまま熱いザーメンをゴクリとひと息に飲み干してくれた。

「く……」

また口腔が締まって彼は呻き、ヒクヒクと唾液にまみれた幹を震わせた。

辰美はスポンと口を引き離し、なおも幹をしごいて余りを絞り出し、尿道口に滲む白濁の雫まで丁寧に舐め取ってくれた。

「ど、どうか、もう……」

浩司はクネクネと腰をよじり、降参するように声を洩らした。

辰美も顔を上げ、淫らに舌なめずりしながら添い寝してきた。

「すごい勢いで、濃かったわ。気持ちよかった？」

彼女が囁き、浩司は頷きながら、甘えるようにようやく腕枕してもらった。

さすがに肩や二の腕は逞しく、乳房はそれほど大きくはないが、汗ばんで甘ったるい匂いで彼はすぐにも回復しそうになった。

余韻に浸りながら荒い呼吸を繰り返すたび、美女の濃厚な体臭が鼻腔を刺激してきた。

浩司はしがみつき、じっとり汗ばんだ腋の下に鼻を埋め込み、悩ましい汗の匂いで胸を満たした。

息づく乳房に手を這わせ、コリコリと硬くなったピンクの乳首をいじると、

「ああ……、休まなくていいの？　何でも好きなようにしていいのよ……」

辰美は早くも喘ぎながら、彼の愛撫に身を任せた。

浩司は充分に腋の匂いを嗅いでから、仰向けになった辰美の乳首にチュッと吸い付き、顔じゅうを膨らみに押し付けながら、もう片方も指で探った。

「アア……、いい気持ち……、ねえ、嚙んで……」

彼女が身悶えながら言った。浩司の乳首を嚙んだのも、自分がされたかったからなのだ。まして過酷な稽古に明け暮れていた辰美は、痛いぐらいの刺激が好きなのかも知れない。

コリコリと硬くなった乳首を浩司は前歯で挟み、軽くキュッキュッと刺激してやった。

「ああ……、もっと強く……」

辰美が言い、浩司も左右の乳首を交互に含んで吸い、次第に強く嚙んだ。

そして汗の味のする滑らかな肌を、ゆっくりと舐め下りていった。

さすがに腹部は引き締まり、腹筋の段々が浮かぶほどだった。

浩司は臍を舐め、張り詰めた下腹から腰、さらにスラリと長い脚を舐め下りていった。

辰美も、羞じらいより淫気を優先させて身を投げ出し、されるままになってくれていた。

脛には野趣溢れる体毛を見つけ、これも新鮮な魅力だった。

浩司は足首まで行くと、年中道場の床を踏みしめていた大きな足裏にも舌を這わせ、太くしっかりした指の股にも鼻を割り込ませて嗅いだ。

そこは汗と脂にジットリと湿り、亜由以上にムレムレの匂いが濃く沁み付いて悩ましく鼻腔を刺激してきた。

浩司は何度も鼻を押しつけて嗅ぎ、爪先にしゃぶり付いて桜色の爪を嚙み、全ての指の間に舌を挿し入れて味わった。

「あう……、汚いのに、いいの……？」

辰美は拒むことなく、彼の口の中で指を震わせて言った。

浩司は貪り尽くすと、もう片方の足裏と指の股も愛撫し、心ゆくまで味と匂いを堪能した。

そしていよいよ脚の内側を舐め上げ、両膝の間に顔を割り込ませ、張りのある内腿を舐め、そこにもキュッと歯を食い込ませた。

「ああッ……、もっと……」

辰美が喘ぎ、割れ目が大量の愛液にヌラヌラとまみれているのが目に入った。

やがて浩司は熱気と湿り気の籠もる股間に顔を迫らせ、亜由とは微妙に違う割れ目を見つめた。

3

「アア……、恥ずかしいわ……」

辰美が、匂いを気にして喘いだ。それに三年以上ぶりのセックスだから、期待と興奮も絶大なのだろう。

股間の丘の茂みは、思ったより薄めで、割れ目からはみ出す陰唇も亜由と同じぐらい小振りで初々しいピンク色をしていた。

浩司は指を当てて陰唇を左右に広げ、丸見えになった中の柔肉に目を凝らし、息づく膣口と小さな尿道口、光沢あるクリトリスを観察した。

クリトリスは小さな亀頭の形をして光沢を放ち、亜由よりずっと大きく小指の先ほどもあってツンと突き立っていた。

もう堪らず、浩司は彼女の中心部にギュッと顔を埋め込んでいった。

柔らかな恥毛に鼻を擦りつけて嗅ぐと、甘ったるい汗の匂いが濃厚に籠もり、それにほのかなオシッコの匂いと、さらに大量の愛液による生臭い成分も入り混じり、悩ましく鼻腔を掻き回してきた。

「ああ……、嫌な匂いしない……？」

「うん、汗とオシッコの匂いが濃くて嬉しい」

（アアッ……、やっぱり洗いたいわ……）

あまりに浩司が犬のようにクンクン鼻を鳴らして嗅ぐので、さすがに気丈な辰美も激しい羞恥に声を震わせた。

浩司は心ゆくまで嗅いでから舌を這わせ、淡い酸味のヌメリをすすりながら、膣口からクリトリスまで舐め上げていった。

「あう……！」

辰美がビクッと顔を仰け反らせて呻き、内腿でムッチリときつく彼の顔を挟み付けてきた。

クリトリスは亜由より大きいので吸いやすく、彼は上の歯で完全に包皮を剝いて含み、舌先で弾くように舐め続けた。

「か、嚙んで……」

するとと辰美は、この部分にも強い刺激を求めてきた。

彼も前歯で突起を挟み、軽くコリコリと嚙み、さすがに乳首よりもソフトに愛撫してやった。

「アア……、気持ちいい……」

辰美がヒクヒクと下腹を波打たせて喘ぎ、さらにトロトロと大量の愛液を漏らしてきた。

やがて浩司は彼女の両脚を浮かせ、引き締まった尻の谷間にも迫った。

年中力を込めて稽古しているからか、蕾はレモンの先のように僅かに突き出て実に艶めかしい形をしていた。

鼻を埋めて嗅ぐと、汗の匂いに混じって秘めやかな刺激も混じり、浩司は貪るように嗅いでから舌を這わせた。

チロチロと執拗に舐め回して震える襞を濡らし、ヌルッと潜り込ませて粘膜を味わい、舌を出し入れさせるように蠢かせた。

「あうう……、汚れていない……？　こんなの初めてよ……」

辰美は拒むことなく、案外この部分への刺激が気に入ったように呻き、モグモグと彼の舌先を肛門で締め付けてきた。そして浩司の鼻先の割れ目からは、大洪水になった愛液が伝い流れてきた。

充分に味わってから、浩司は舌を引き抜いて脚を下ろし、再びヌレヌレの割れ目を舐め回した。

「ああ……、も、もういいわ、いきそうよ。入れたいの……」

辰美が腰をよじって言い、身を起こして彼の顔を股間から引き離してきた。

浩司も素直に顔を上げると、

「ね、上になりたいわ。いい？」

彼女が言うので、浩司も仰向けになった。

「すごいわ、さっき出したばかりなのに、もうこんなに硬く……」

辰美は彼の股間に顔を寄せて囁き、屹立した肉棒にしゃぶり付いて唾液のヌメリを与えた。

張りつめた亀頭を舐められて高まり、もちろん浩司はさっきの射精などなかったかのように待ちきれなくなっていた。

彼女も、充分に唾液に濡らしただけですぐに顔を上げ、身を起こして浩司の股間に跨がってきた。

幹に指を添えて先端に割れ目を押し当て、位置を定めると息を詰めて、味わうようにゆっくり腰を沈み込ませた。

亀頭が潜り込むと、あとは潤いと重みに任せ、ヌルヌルッと根元まで受け入れていった。

「アァッ……、いいわ、奥まで届く……」

完全に座り込んだ辰美が、顔を仰け反らせて喘いだ。そしてキュッときつく締め付けながら、密着した股間をグリグリ擦りつけてきた。

浩司は温もりと感触を味わいながら、下になって見上げるのもいいものだと思った。

辰美もまだ動かず、身を重ねてきた。長身なので、覆いかぶさる感じで、彼も下から両手を回してしがみついた。

心の中を読むと、意外な事実が判明した。

(なんて可愛いの。亜由のことも、もっと可愛がりたいけれど、できれば三人でしてみたい……)

どうやら辰美は、可憐な亜由にレズ的な欲望を抱いていたのだった。

浩司は驚き、さらに彼女の心根を探った。

やはり現役の選手時代は異性との交流を避ける代わりに、同性に淫気を向けていたようだ。

なぜ亜由が、剣道部の四年生と仲良くなったのか不思議だったが、辰美の方から亜由を見初めて近づいたようなのだ。すでに女同士でキスもし、下着の上からいじり合う程度の行為は経験しているらしい。

しかし亜由は、あのとき浩司に夢中だったので、辰美との体験を思い浮かべることもなく、それで彼も気づかなかったのだろう。

(三人で……)

それも興奮をそそり、浩司は今後に期待しつつ、今は目の前の快感に専念することにした。

「重くない？　しばらくこうしていたいわ」

「ええ、とっても気持ちいい……」

辰美が囁き、浩司も答えた。

さっき口内発射したばかりなので、しばらくは保てるだろうし、彼もまた、一つになった状態を長く味わいたかった。

「ね、唾飲みたい。いっぱい垂らして……」

「汚いからダメ」

「お願い」

甘えるように言って膣内で幹をヒクヒクさせると、

「ああ……、感じるわ……」

辰美も息を弾ませ、徐々に腰を動かしながら、懸命に唾液を分泌させ、トロトロと吐き出してくれた。

それを舌に受け、浩司は小泡の多い生温かな粘液を味わい、うっとりと飲み込んだ。

「美味しいの？　味なんかないでしょう」

「うん、顔中にも垂らしてヌルヌルにして」

せがむと辰美も形よい唇をすぼめて屈み込み、彼の鼻の頭にトロリと垂らし、そのまま舌を這わせて顔じゅうに塗り付けてくれた。

「ああ……」

浩司は、甘い刺激を含んだ花粉臭の息に酔いしれ、顔中ヌルヌルにまみれながら喘いだ。

「ああ、中で、もっと大きくなってきたわ……」

辰美も、彼が本当に悦んでいることを実感し、鼻の穴から頬、瞼まで舐め回してくれた。

「噛んで……」

言うと辰美は大きく口を開いて彼の頰をキュッと軽く噛み、甘美な刺激を与えてくれた。次第に彼女も夢中になって時に力を込めて歯を立て、腰の動きにも勢いをつけはじめた。

「ああ、いきそう……、お姉さんて呼んで……」

「お姉さん……」

「アア……、浩司、可愛いわ……」

辰美は声を上ずらせて言い、上からピッタリと唇を重ね、貪るように舌をからめてきた。浩司もズンズンと激しく股間を突き上げ、美女の甘い唾液と吐息に高まった。

愛液は粗相したように溢れて互いの股間をビショビショにさせ、律動を滑らかにさせて卑猥な摩擦音をピチャクチャと響かせた。次第に辰美も、股間をしゃくり上げるように動かし、コリコリと恥骨の膨らみを擦りつけた。

「き、気持ちいい、いく……、アアーッ……!」

辰美が激しく喘ぎ、ガクガクとオルガスムスの痙攣を起こし、膣内の収縮を最高潮にさせた。

続いて浩司も巻き込まれ、大きな絶頂の快感とともに、ありったけの熱いザーメンをドクンドクンと勢いよく内部にほとばしらせてしまった。

4

「あ、熱いわ……、もっと……！」

奥深い部分に噴出を感じたのか、辰美は、駄目押しの快感を得たように声を洩らし、さらにきつく締め上げてきた。

浩司も快感に身悶え、股間をぶつけるように激しく突き上げながら、心置きなく最後の一滴まで出し尽くしていった。

そして満足しながら動きを弱め、力を抜いて身を投げ出していくと、

「アア……、よかったわ、すごく……」

久々だった辰美も満足げに声を洩らし、彼にもたれかかってきた。

まだ膣内はキュッキュッと息づくような収縮が繰り返され、刺激されるたび過敏になったペニスが内部でピクンと跳ね上がった。

「あう……、もう暴れないで、感じすぎるわ……」

辰美も、まるで全身が射精直後の亀頭のように敏感になっているように呻いて

言った。

浩司は彼女の喘ぐ口に鼻を押しつけ、熱く湿り気ある甘い息を嗅ぎながら、うっとりと快感の余韻を噛み締めた。

やがて辰美が呼吸を整えながら、そろそろと股間を引き離すと、横にならずにベッドを下りた。

「シャワー浴びましょう」

言われて、浩司も起き上がり、一緒にバスルームへと行った。

彼女もすぐに湯を出して互いの身体をシャワーで洗い流し、やっとほっとしたようだった。

湯を弾く引き締まった肌が艶めかしく、もちろん浩司はまたムクムクと回復して、亜由にも求めたものが欲しくなってきてしまった。

「ね、お姉さんがオシッコするところ見たい……」

「まあ、そんなの見たいの……？」

「少しでいいから出して」

浩司は床に座りながら言い、目の前に辰美を立たせた。

すると彼女も覚悟を決めると、ためらいなく股を開いて股間を突き出し、しかも自ら両の人差し指を割れ目に当て、グイッと陰唇を広げてくれたのだ。

「少しじゃなく、いっぱい出るかも知れないわ。いいの？　顔にかかっても」

辰美が下腹に力を入れ、尿意を高めながら言った。

浩司も頷きながら彼女の腰を抱え、開かれた割れ目に鼻と口を押し付け、舌を挿し入れた。

恥毛に籠もっていた濃厚な体臭は薄れてしまったが、やはり舐めると新たな愛液が溢れて舌の動きを滑らかにさせた。

「いい？　出ちゃう……」

辰美はスックと立ったまま息を詰めて言い、間もなく柔肉が迫り出すように盛り上がり、味わいと温もりが変化してきた。

そしていきなり、チョロチョロと勢いのよい水流がほとばしり、彼の口に注がれてきた。

「アア……、こんなの、信じられない……」

辰美はゆるゆると放尿しながらガクガクと膝を震わせて言い、彼の口に注ぎ続けた。

浩司も受け止めながら喉に流し込み、亜由よりやや濃い味と匂いに激しく勃起した。勢いも亜由よりずっと激しく、溢れた分が身体を伝い流れてペニスを温かく浸した。

やがて、長かった放尿もようやく勢いが衰えて下火になり、出し切るとポタポタと温かな雫を滴らせるだけとなった。

彼は舐め回して余りをすすったが、やはり新たな愛液が大量に溢れ、淡い酸味が満ちていった。

「飲んだりして大丈夫？　気持ち悪くない？」

ようやく辰美が、股間を引き離しながら言うと、再びシャワーの湯で割れ目と彼の顔を洗い流した。

「まあ、もうそんなに勃《た》って……、でも私はもう、今日は充分……」

身体を拭いて全裸のままベッドに戻ると、辰美がペニスを見て言った。

「もう一度するなら、またお口に出す？」

「ええ、じゃいきそうになるまで指でして」

浩司が言って仰向けになると、辰美も添い寝し、やんわりとペニスを握ってくれた。

竹刀を握るより優しく手のひらに包み込み、ニギニギと動かしながら肌をくっつけてきた。浩司が愛撫を受けながら唇を求めて舌をからめると、辰美も彼の性癖を分かってきたように、自分からトロトロと唾液を注いでくれた。

彼もうっとりと喉を潤しながら高まり、さらに彼女の口に鼻を押し込み、湿り気ある甘い匂いで鼻腔を満たした。

「あ……」

何度も嗅ぐと辰美は恥じらうように小さく声を洩らし、それでも、その間も指の動きは続行してくれた。

「息がいい匂い……」

「本当?」

「うん。でも、もっと濃い方がいい」

やはり稽古する以上、ケアしてしまうのだろう。浩司は、もっと刺激の濃い方に興奮するのだった。

そして彼は、辰美の唾液と吐息にすっかり高まってきた。

「いきそう……、僕の顔に跨がって……」

言うと彼女も身を起こし、ペニスにしゃぶり付きながら、女上位のシックスナインの体勢になって、浩司の顔に股間を押しつけてくれた。

彼は下から白く丸い尻を抱えて引き寄せ、濡れた割れ目を舐め、さらに伸び上がってピンクの肛門を舐め回した。

目の前いっぱいに美女の尻が広がり、双丘が顔に密着する状況と眺めが何とも嬉しかった。

辰美も根元までペニスを呑み込むと、熱い鼻息で陰嚢をくすぐりながら吸い付き、ネットリと舌をからめてきた。

「ク……」

浩司が肛門に舌を潜り込ませると、彼女も熱く呻き、反射的にチュッと強く亀頭に吸い付いた。

彼がズンズンと股間を突き上げはじめると、辰美も合わせて顔を上下させ、生温かな唾液に濡れた口でスポスポとリズミカルな摩擦を繰り返してくれた。

やがて浩司は、急激に高まり、昇り詰めてしまった。

「あう……!」

絶頂の快感に包まれながら呻き、彼は辰美の肛門と割れ目を貪るように舐め回し、熱いザーメンを勢いよくほとばしらせた。

「ンン……」

噴出を受け止めて鼻を鳴らし、辰美は色っぽく尻をくねらせながら最後の一滴まで吸い出してくれた。

浩司は心ゆくまで快感を味わい、やがて強ばりを解いてグッタリと身を投げ出した。

辰美は亀頭を含んだままザーメンを飲み込み、口を離して余りの雫まですすってくれた。浩司は過敏に反応しながら、目の前にある美女の割れ目と肛門を眺めて余韻を味わったのだった……。

5

「ねえ、そんなに嫌わないで、デートしてよ。年上のお姉さんが好きなんだ。最初は嫌でも、ストックホルム症候群て知ってるでしょ」

構内の廊下で、西川純也が助手の上原由希子《うえはらゆきこ》に迫っていた。

由希子は三十歳になる独身、清楚で大人しいメガネ美女で、日本文学の助手をしていた。

浩司も、万事に控えめそうな大和撫子の由希子に惹かれ、何度か妄想オナニーでお世話になっていたものだ。

透けるような色白でロングの黒髪、メガネを外して衣装を替えたら、きっと巫女か日本人形のようだろう。

浩司が近づくと、由希子は救いを求めるように彼の方に来て、純也からガードするように後ろに回った。

「牧田君、先日のレポートのことだけれど、あとで研究室に来て」

由希子が言うと、ほんのりと悩ましい息の匂いが鼻腔をくすぐった。昼食後らしく、彼女本来のシナモンに似た匂いに、うっすらとオニオン臭も混じり、浩司の股間に響いてきた。

「分かりました。じゃ」

浩司が言うと、由希子は足早に立ち去っていってしまった。

「てめえ、邪魔しやがって」

純也は先日の恨みも込めて言い、浩司を睨み付けてきた。

「無理ですよ。嫌がってたじゃないですか」

「それより合コンの日は、あれからどうしたんだよ。俺は一人で帰るしかなかったんだ。連中はカラオケしてから解散したようだが、お前は一番可愛い女の子とどこか行っただろう」

「ええ、付き合うことになりました。西川さんのおかげですので感謝してます」

「てめえ、もうしちゃったのか！」

純也が目を丸くして、大声で言った。

「高校時代の後輩だったから、すぐ仲良くなれたんです。それより、上原先生のところへ行きますので」

浩司が言うと、純也が腕を摑んで追い縋ってきた。

「いいか、彼女には手を出すなよ。彼氏もおらず寂しがっているからな、俺がモノにするんだ」

「僕はそんな器用じゃないですよ」

「ああ、分かってる。お前は俺みたいに女心も分からない未熟者だからな」

純也が言う。

口八丁だけの男だから、自分は女性にモテると信じ込んでいて、先日の合コンで一人になったことや、由希子に逃げられたことも何かの間違いだと思っているのだろう。

試しに浩司が、純也の心根を覗いてみると、何と読み取ることができた。

今まで何かと接近し、嫌だが彼の唾液の飛沫や吐息を否応なく浴びていたから読めてしまうようだった。

純也がセックス体験したのは高校時代に一度きり。薄っぺらな二枚目に惹かれた世間知らずの後輩を相手に初体験したが、後日もしつこくしたので嫌われ、以後は一度も女性に触れていないようだ。

それだけの体験で、自分がモテルと思い込むのも大したものだと思ったが、上から目線と自惚れは、生まれついてのものなのだろう。

「じゃ行くので失礼します」

「待てよ、おい」

「あ、西川さん、早くインキンを治した方がいいですよ」

「何、てめえなんで知ってる。いや、出まかせ言いやがって……」

図星を刺されて純也はしどろもどろになり、その隙に浩司は離れた。

日本文学の研究室に行くと、何人かの学生がレポート作成に励んでいた。由希子がいるのは、さらに奥まった小部屋だ。

そこに、由希子が一人で居た。

「ああ、さっきはありがとう。助かったわ」

「いいえ、何もしてません。あの手合いは、無視するか、あるいは思いきったことを言って拒まないといけませんよ」

「ええ、分かっているのだけど、どうにも強いことが言えなくて」

由希子が、レンズの奥の切れ長の眼差しを浩司に向け、すぐに視線を落として
レポートを広げた。

「こないだのレポート、すごくいい文章だったわ」

由希子が言う。どうやら純也を避ける口実ではなく、本当に浩司と話したかったようだ。

「ありがとうございます」

「文章は、誰か作家の影響を受けているの？」

「ええ、近所に住んでる官能作家の愛読者で、僕の文章も見てもらってます」

浩司は答えた。

もちろん先日の辰美との体験も綴り、第二章が完成しかかっているのだ。

「まあ、官能って……」

「はい、官能ばっかり五百冊以上も書いている人が身近な先生なんです」

「そう……、私は読んだことないけれど……」

由希子はモジモジと答えた。エロチックな会話は慣れていないのだろう。

浩司は、強引に唇を奪いたい衝動に駆られた。そうして唾液を交換すれば、ある程度彼女の意思を操作することができるだろう。

学生ではない、辰美よりさらに大人の女性に激しい興味と淫気が湧いて、股間が熱くなってきてしまった。

「じゃ、試験も近いので頑張ってね」

由希子が話を切り上げるように言い、彼に背を向けてレポートを引き出しにしまった。

そのとき浩二は、机に置かれた彼女の飲みかけのカップを手にし、冷えたコーヒーを一口舐めた。

そして僅かな唾液を吸収した瞬間、浩司は由希子の心の中が手に取るように読み取れてしまった。

どうやら女体を知るごとに、能力が研ぎ澄まされているようだ。

由希子は初体験が遅く、何と二十五歳でファーストキスとセックスを経験していた。その相手は大学の講師だったようで、そのまま婚約。しかし研究を続けたい意思と、セックスへの不潔感でマリッジブルーになり、結婚前に結局破談。

それなりに挿入快感には目覚めかけていたようだが、以来誰とも接触していないようだ。それでも無垢な年下の男への好奇心はあり、今も浩司に淡い思いを抱いていたのである。

「あの、先生。僕、十九になるのにファーストキスも経験していないんです」

「まあ……」

浩司が、彼女の好みである無垢を装って言うと、唐突な話題に、由希子が目を丸くして返答に窮した。

「それで、ほんの一秒でいいから、前から憧れていた先生とキスしたいんです。離れた瞬間に忘れて、何もなかったことにしますから」

「そんなこと、無理に決まっているでしょう。ここは学校なのよ」

由希子が戸惑いながら言う。

彼女にとってここは神聖な場所なのである。しかし、彼の要求でかなり動揺が広がっていることも確かだった。

「でも、二人きりでいられる機会は今しかないから……」

浩司は、思い切って決行することにした。

隣室には学生たちがいるから、声を上げられたら誰か来るだろうし、かなり際どい賭けであった。

「もし、絶対に嫌だったら叩いて下さい。それで引き上げますので」

浩司は言い、考えてみれば純也と同じことをしているようで気が引けたが、由希子の好意を信じて顔を寄せていった。

「ま、待って……、う……」

素早く唇を重ねると、由希子は息を詰めて呻き、全身を凍り付かせた。

柔らかな感触と唾液の湿り気が伝わり、さっき感じた息の匂いが悩ましく鼻腔を刺激してきた。

舌を挿し入れて滑らかな歯並びを舐めると、由希子もとうとう歯を開いて侵入を受け入れてくれた。そして舌が触れ合い、唾液のヌメリを感じ合った途端、彼女がビクリと口を離した。

「ま、牧田君……」

由希子が、一瞬で熱っぽい眼差しになって囁いた。すでに芽生えはじめていた好意と好奇心が、彼の唾液で本格的にスイッチが入り、激しい淫気が彼女を包み込む様子がはっきり伝わってくるようだった。

「あの、外へ出ましょう」

「ええ……」

言うと由希子は素直に頷いて立ち上がり、上着を着てバッグを手にした。

しかし、すでにスイッチが入った以上、もう由希子の気持ちを強引に操作する必要もないので、彼女本来のためらい羞じらい戸惑いをそのまま味わうことにした。

小部屋を出て、研究室を通過して学生たちの挨拶を受け、そのまま廊下から学舎を出た。

そして門に向かっていくと、ちょうどそこに純也がウロウロしていたのだ。

「な、何だよ、一緒にどこへ行くんだ」

純也が迫ってきたので、浩司は由希子を操作して口を開かせた。

「二人で一緒に帰るのよ。いい？　もう講義以外で私に話しかけないで」

「え……」

いつにない由希子のきつい言葉に、純也が絶句した。今まで、彼女を大人しく控えめな女性と思い甘く見ていたのだろう。

「じゃ行きましょう」

由希子は言って促し、浩司と歩きはじめた。

「おい、牧田、待てよ。てめえ覚えてろよ」

純也の声を背中で聞き、ちょうど通りかかったタクシーを由希子が停めて一緒に乗り込んだ。二人でタクシーに乗ったのだから、見ていた純也の嫉妬はさらに増したことだろう。

由希子は運転手に吉祥寺と伝えたので、どうやらレストランなどではなく彼女の住まいらしい。

心根を読んでみると、

(男の人を部屋に入れるのは初めてだわ……。そんなに散らかってなかったわよね。それに、無垢な男の子だし……)

部屋のことを気にしつつ、由希子は浩司を童貞と信じ、どのようにリードしようか迷いながら相当に興奮を高めていた。今のマンションは、婚約破棄後に入居したようだから、まだ誰も男は入っていないようだ。

やがて十五分ほど無言で乗っていると、由希子の住むマンションに着いた。一緒に下りてエレベーターに乗り、八階まで上がった。由希子は緊張しながら震える指で鍵を開け、彼を招き入れた。

上がり込むと、由希子はドアを閉めて内側からカチリとロックし、完全な密室になったのだった。

第三章　メガネ助手の腋下

1

「わあ、すごい本……」

中に入ると、浩司はまず夥《おびただ》しい蔵書に圧倒された。さすがに由希子は読書家で年中読んでいるのだろう。

それでもキッチンは整頓されて綺麗だった。ただリビングと書斎は本の山で、古典から現代文学、ミステリーから神秘学まで、官能以外あらゆるジャンルが揃っているようだ。

3LDKだが、書庫と書斎は壁がぶち抜かれて一部屋になり、残る一部屋が寝室。本の匂いに混じり、彼女本来の甘い体臭も感じられた。

「どうしましょう……。私、男の子を家へ入れてしまったわ……」

由希子が、茶を淹れるでもなく立ち尽くして言った。

「ええ、すごく光栄です。ファーストキスを経験させてもらったので、このうえ初体験もさせてもらえたら、先生のこと一生忘れません」

「そんな……」

由希子が困ったように俯いて言う。意識を操作していないときの彼女は、途方に暮れた少女のように心細げだった。

「とにかく、こっちでお話ししましょう」

浩司は他人の家なのに彼女の手を握って引っ張り、寝室に入った。

ベッドが据えられ、化粧台とクローゼットは辰美の部屋に似ている。しかし枕元のスタンドの脇には読みかけの本が積まれていた。

浩司は由希子を、並んでベッドの端に座らせた。

「どうか、教えて下さい。前から先生みたいに綺麗で優しい人に手ほどきされたかったんです」

「困ったわ……」

「脱ぎましょう。先生が嫌とおっしゃることはやりませんから」

浩司は言い、先にシャツとズボンを脱ぎはじめてしまった。朝シャワーを浴びてきたが、多少は汗の匂いがするだろう。そこは彼女が全く不快に思わないよう意識を操作した。

「待って、シャワーを浴びたいの……」

由希子も、とうとう意を決したように答えた。

心根を読み取ると、最後の入浴は昨夜。今日は何かと動き回り、それに昼食後の歯磨きもしていない状態である。

「待てないんです。どうか今のままでお願いします」

浩司は言って、とうとう靴下と下着まで脱いで全裸になり、先にベッドに横になってしまった。

やはり枕には、汗や涎だろうか、由希子の悩ましい匂いが濃厚に沁み付いていた。案外匂いが濃い方らしく、淑やかで控えめな美貌とのアンバランスが興奮をそそった。

ようやく由希子も、身の内に湧き上がる淫気に突き動かされ、立ち上がって上着を脱ぎ、ブラウスのボタンを外しはじめた。

そしてタイトスカートのホックを外して下ろした。

ブラウスを脱ぐと、白いブラとパンスト。服の内に籠もっていた熱気が解放され、甘ったるい匂いが艶めかしく揺らめいた。

ためらいがちにブラの背中のホックを外してブラを外すと、白く滑らかな背中を見せ、彼女は再びベッドに座った。そして僅かに腰を浮かせ、パンストを脱いでいった。

シュルシュルと衣擦れの音をさせて、薄皮を剝くようにスベスベの脚を露わにし、最後の一枚も下ろした。

浩司の位置から、意外に豊満な尻が見え、彼はゾクゾクと興奮を高めた。

ほっそりして見えるが、案外着痩せするたちなのか、まだ胸は見えないが豊かそうで、尻も実にボリュームがあった。

とうとう一糸まとわぬ姿になると、由希子は最後にメガネを外してコトリと枕元に置き、ゆっくりと優雅な仕草で添い寝してきた。

「ああ、先生、嬉しい……」

浩司は感激に声を弾ませて言い、彼女の腕を取ってぐると腕枕してもらった。

「あん、待って……」

由希子は懸命に腕を縮めようとしたが、彼はしっかりと密着した。

すると、何と彼女の腋の下には淡い腋毛が煙っているではないか。

それを思い出し、由希子はためらったのだろう。

「すごく色っぽいです。こんなに淑やかで綺麗な先生が腋毛なんて」

「い、いや、言わないで……」

彼の息を腋に感じながら、由希子はクネクネと身悶えて声を震わせた。

手入れしないことこそ、今までずっと彼氏もいなかった証しだろう。

それでも間もなく夏だから、その前にケアするつもりだったに違いないが、まさか今日、ひと回り近く年下の学生と互いに裸になるなど夢にも思っていなかったようだ。

メガネを外した顔もモデルのように美しく整い、浩司は彼女の汗ばんだ腋の下に鼻を埋め込んで嗅いだ。

「アアッ……」

由希子が顔を仰け反らせて喘ぎ、腋でキュッと彼の顔を締め付けてきた。

生ぬるく湿った腋毛の隅々には、ミルクのように甘ったるい濃厚な汗の匂いが沁み付き、浩司は何度も深呼吸して胸いっぱいに吸い込み、美女の体臭で鼻腔を満たした。

「ダメよ、汗臭いでしょう……」

「大丈夫、先生のものだと思うと、とってもいい匂い」

言うと、暗に激しく匂うのだと悟り、由希子はビクリと肌を震わせた。

嗅ぎながら乳房に目を向けると、それはお椀型をして豊かに息づき、乳首も乳輪も清らかなピンク色だった。

美女の体臭を胸に刻みつけてから、浩司は移動してチュッと乳首に吸い付いていった。

「あう……!」

由希子が身を弓なりに反らせて硬直し、息を詰めて呻いた。

浩司はコリコリと硬くなっている乳首を舌で転がし、柔らかな膨らみに顔じゅうを押し付けて感触を味わった。

もう片方の乳首も指でいじると、

「ああ……、もっと……」

次第に由希子は朦朧となりながら、無意識に口走っていた。

シャワーを浴びる前に腋の下に鼻を埋められるのは初めてらしいが、乳首を舐められた体験はあるので、ようやく安心と同時に快感が増してきたようだ。

左右の乳首を代わる代わる含んでは舐め回し、やがて滑らかな肌を舌でた

。

腹部も淡い汗の味がし、パンストのゴムの痕も艶めかしかった。

舐め、顔を腹に押し付けると心地よい弾力が返ってきた。

きたいが、ここはやはり隅々まで味わってからだ。

浩司は腰から水着線のYの字を舌でたどり、ムッチリした太腿から脚を舐め下りていった。

丸い膝小僧を舐め、そっと噛んでからスベスベの脛に降りた。腋は放置されたままだったが、脛の体毛は薄かった。

足首まで移動して足裏に回り込み、顔を押し付けて舌を這わせながら、指の間に鼻を割り込ませると、そこは生ぬるく湿って蒸れ、悩ましい匂いが籠もっていた。嗅いでから爪先をしゃぶり、桜色の爪を噛み、汗と脂に湿った指の股を舐め回した。

「あう、ダメよ、そんなこと……」

由希子が驚いたように呻き、それでも拒む力が入らず、彼の口の中でキュッと舌を締め付けてきた。

浩司は隅々まで堪能し、もう片方の足裏と指の間も、味と匂いを念入りに貪った。そして、いよいよ脚の内側を舐め上げながら股間に顔を進め、両膝の間に割り込んでいった。

「ああ、やっぱり無理よ。先にシャワーを……」

由希子がヒクヒクと白い下腹を波打たせながら、最後の抵抗をした。

構わず、張りのある内腿を舐め上げて股間に迫ると、顔中を熱気と湿り気が包み込んだ。

色白の肌が下腹から股間に続き、ふっくらした丘には恥毛が情熱的に濃く茂っていた。密集した毛は黒々と艶があり、下の方は愛液の雫さえ宿しているではないか。

割れ目からはみ出した陰唇も、ヌメヌメと大量の蜜に潤っていた。

「み、見ないで……」

「ううん、見ないと分からないから、先生が自分で広げて中まで見せて」

「そ、そんなこと……」

由希子が声を震わせてためらったが、待っていると時間がかかるので、少しだけ彼女が行動するよう操作し、羞恥心は普段のままに調整した。

次第に、このような微妙な操作もできるようになっていたのだ。

彼女が、そろそろと両手を股間に移動させ、両の人差し指で興奮に色づいた陰唇をグイッと左右に広げてくれた。

「ああ……、私、どうしてこんな恥ずかしいことを……」

「大丈夫、初めての僕に教えてくれているんだから、どうか説明して」

由希子が激しい羞恥に身を震わせ、浩司は目を凝らしながら答えた。

中も綺麗なピンクの柔肉で、ヌメヌメと愛液に濡れて息づいていた。襞の入り組む膣口には白っぽい本気汁をまつわりつかせ、クリトリスは辰美に匹敵するほど大きく、包皮を押し上げるように突き立っていた。

2

「どこへ入れたらいいの？」

「あ、穴があるでしょう……」

「ここ？」

浩司は言いながら、指先を浅く膣口に挿し入れた。

「あう……、そう、そこよ……、早く、お願い……」

由希子は、早くも挿入を求めて声を上ずらせた。やはり人の顔の前で股を開くより、一つになって抱き合いたいのだろう。

「オシッコはどこから？」

「そ、その少し上……」

由希子が言うと、彼も膣口から指を抜き、ポツンとした尿道口に軽く触れた。

「ここ？　これは何？」

「ああッ……！」

さらに光沢を放つ亀頭型のクリトリスに触れると、彼女は激しく声を上げた。

「ク、クリトリスよ……、感じすぎるから、あまり触れないで……」

「舐めてもいい？」

「ダメよ、お風呂に入っていないから……、アア……！」

堪らず割れ目に顔を埋め込むと、由希子が熱く喘ぎ、キュッときつく内腿を締め付けてきた。

浩司はもがく腰を抱え込んで押さえ、茂みに籠もった体臭を貪った。汗とオシッコの匂いが、辰美より濃く鼻腔を掻き回してきた。

清楚な顔立ちに濃い匂いのギャップが、激しく彼自身を奮い立たせた。

「すごくいい匂い。刺激がちょうどいい」

「あうう、ダメ……」

何の匂いもしないと言われたら、どんなに救われただろうという感じで由希子が呻いた。浩司も、ことさらにクンクンと鼻を鳴らして嗅ぎ、やがて舌を挿し入れていった。

やはりヌメリは淡い酸味を含んで舌の動きを滑らかにさせ、彼は膣口の襞を掻き回し、ゆっくりと柔肉をたどってクリトリスまで舐め上げていった。

「ヒッ……！　そこダメ、感じすぎるわ……」

由希子がクネクネと腰をよじって息を詰め、さらに内腿にきつい力を込めるので、浩司は両耳を塞がれて何も聞こえなくなった。

それでもチロチロと舌先で弾くように舐めながら心根を読むと、

（もっと恥ずかしいことをして、私を苛めて……！）

と由希子は思っていた。

浩司はいったん割れ目を離れて、彼女の両脚を浮かせてオシメでも替えるような体勢にさせた。

「アアッ……、ダメよ、恥ずかしいから……」

由希子は浮かせた脚を震わせながら哀願したが、浩司は逆ハート型の白い尻に迫った。

谷間の奥に閉じられた蕾も、綺麗なピンク色だった。可憐な亜由の肛門と、レモンの先のように突き出た辰美の中間という感じのおちょぼ口で、細かな襞が視線を受けてキュッキュッと収縮していた。

鼻を埋め込むと、双丘が顔全体に密着し、淡い汗の匂いとともに、ビネガー臭に似た秘めやかな微香が鼻の奥を刺激してきた。

「わあ、ここ可愛い匂い。綺麗な先生でもトイレに行くんだね」

「お、お願い、黙って……」

嗅ぎながら言うと、由希子も次第に朦朧となり、声にも力が入らなくなっていた。そして割れ目からは、次第に白っぽく濁った粘液が溢れ、肛門の方にまで伝い流れてきた。

愛液も、かなり多い方のようだ。

そして彼氏は作らなかったが、そのぶん毎晩のように狂おしいオナニーをしていることも彼女の心の中を読んで分かった。

恥ずかしい匂いを充分に嗅いでから、浩司は舌先でチロチロと蕾を舐め回して濡らし、ヌルッと潜り込ませて粘膜を味わった。

「あう……、やめて……」

か細く言い、由希子が肛門でキュッと舌先を締め付けてきた。

内部で舌を蠢かせてから引き抜くと、浩司は左手の人差し指を肛門に浅く潜り込ませ、右手の二本の指を膣口に押し込んでいった。

そして前後の内壁を小刻みに擦りながら、再びクリトリスに吸い付くと、

「アア……、ダメよ、いっちゃう……！」

由希子がブリッジするように身を反り返らせ、ヒクヒクと震えながら声を洩らした。

浩司は、前後の穴でそれぞれの指を締め付けられながら蠢かせ、彼女の心を読んでは、もっと感じる部分に移動した。側面から天井に移ってGスポットあたりを刺激すると、

「も、漏れちゃう……、いく……！」

とうとう由希子が口走りながら、オルガスムスに達してしまった。

膣内の収縮が活発になり、漏れると言った通り大量の熱い流れがほとばしってきた。

しかし、それはオシッコではなく無味無臭の潮吹きのようだ。

（すごい……）

浩司は絶頂の凄まじさに目を見張りながら、なおもクリトリスと膣内と肛門内部を愛撫し続けた。

一番大人しげな顔立ちをした由希子が、好奇心いっぱいの亜由や、欲望満々の辰美より、もっと激しい反応を示していた。

「ああ……」

やがて由希子が声を洩らし、力尽きたように全身の強ばりを解いてグッタリと身を投げ出してきた。あとは失神したような無反応になったので、浩二も舌を引っ込め、前後の穴からヌルッと指を引き抜いた。

肛門に入っていた指は汚れもなく、微かな匂いだけが付着していた。膣内に入っていた二本の指の間は膜が張るほど大量の愛液にまみれ、指の腹が湯上がりのようにふやけてシワになっていた。

見ると割れ目から噴いた潮はシーツまでビショビショにさせて沁み込み、由希子はたまに思い出したようにビクッと肌を震わせていた。

再び添い寝すると、彼は由希子の喘ぐ口に迫った。

形よい唇が僅かに開き、白く滑らかな歯並びが覗いていた。間から洩れる息は熱く湿り気があり、鼻を押しつけて嗅ぐと、渇いた唾液の匂いにオニオン臭が混じり、その刺激が艶めかしく鼻腔を満たしてきた。

そして唇を重ね、潤いを与えるように唇の内側を舐め、歯並びをたどり、舌をからめていった。

「ンン……」

由希子が、徐々に息を吹き返していくように小さく声を洩らし、チロチロと力なく舌を蠢かせてきた。

しかし彼女は、すぐ息苦しそうに顔を横に向けて唇を離した。

「ああ……、死ぬかと思ったわ……」

ようやく彼女が震える声で言った。

「先生、気持ちよかった？」

「ええ……、凄すぎて分からないわ。どうして、あんなやり方を知っているの」

「官能小説に書いてあった」

浩司は答えながら、勃起したペニスを彼女の太腿に押し付けた。

彼女の記憶にある婚約者とのセックスは、もちろんシャワーを浴びたあとに、キスしていじってフェラして、挿入という最も淡泊なパターンで、あんなに長く割れ目を舐められたのも初めてのようだった。

「先生の匂いを全部知っちゃった。お口も腋も足も肛門も割れ目も」

「アァッ……」

言うと、また激しい羞恥を甦らせて由希子が喘いだ。

そして仕返しするようにペニスに触れ、ニギニギと動かしながら顔を移動させていった。

浩司も仰向けになって受け身の体勢を取り、大きく股を開いた。尻の下が、さっきの潮吹きで冷たかった。

「すごい、硬くて大きいわ……」

由希子は言い、幹を握りながら張り詰めた亀頭に頰ずりしてきた。

「ああ、これが男の子の匂いなのね……」

彼女はうっとりと言い、やがて舌を伸ばし、粘液の滲む尿道口をチロチロと舐め回してくれた。

「ああ……、いい気持ち……」

浩司は身を投げ出して愛撫を受け止め、快感に喘いだ。

由希子も亀頭をしゃぶり、モグモグとたぐるように深々と根元まで吞み込んでいった。

口の中は温かく濡れ、彼女は幹を締め付けて吸い付き、熱い息を股間に籠もらせながら、クチュクチュと舌をからめてきた。

3

「ああ……、先生、入れたい……」

すっかり高まった浩司が言うと、由希子もスポンと口を離して顔を上げた。

「いいわ、入れて……」

「先生が跨いで上になって。それから、いつものようにメガネも掛けて」

「私が上？　そんなの、したことないわ……」

言うと由希子が答えた。

心根を覗いて彼女の記憶を探ると、どうやら婚約者は正常位かバックのみだったようだ。

それでも身を起こし、由希子はそっとメガネを掛け、恐る恐るペニスに跨がってきた。

幹に指を添えて先端を濡れた割れ目に押し当て、息を詰めてゆっくりと膣口に受け入れていった。張りつめた亀頭が潜り込むと、あとは重みとヌメリで一気にヌルヌルッと根元まで嵌《は》まって股間が密着した。

「アァッ……！」

由希子はビクッと顔を仰け反らせて熱く喘ぎ、完全に座り込んでキュッときつく締め付けてきた。長くしていなかったが、痛みよりも久々の充実感が彼女を満たしたようだ。

浩司も肉襞の摩擦と温もりに包まれ、暴発を堪えながら快感を味わい、両手を伸ばして彼女を抱き寄せた。

やはりメガネを掛けた、いつもの彼女の顔の方がよかった。

下から唇を重ね、舌を挿し入れると由希子もチュッと吸い付き、ネットリと舌をからめてくれた。

浩司は美女の唾液と吐息を吸収しながら、ズンズンと小刻みに股間を突き上げはじめた。

「ンン……」

由希子が熱く鼻を鳴らし、甘く濃厚な息を弾ませた。彼の顔に冷たく硬いメガネのフレームが当たり、二人の熱気にレンズが曇りがちになった。

膣内の収縮も活発になり、ジワジワと快感が押し寄せているようだ。やはり舌と指による絶頂と、一つになっての快感は別物らしい。

「ああ……、変になりそう……」

やがて彼女が言って、息苦しそうに口を離した。唾液が淫らに糸を引いて互いの唇を結んだ。

「ねえ、唾を垂らして。飲んでみたい」

「ダメよ、そんなこと、汚いから……」

「お願い、いっぱい吐き出して」

股間を突き上げながら言うと、

「アア……、ダメ、感じすぎるわ……」

由希子がキュッキュッと締め付け、さらに愛液を漏らしながら喘いだ。そして快感の高まりとともに言いなりになって、喘ぎ続けて乾き気味の口中に懸命に唾液を分泌させ、形よい唇をすぼめてトロリと垂らしてくれた。

浩司は、白っぽく小泡の多い唾液を舌に受け、うっとりと味わって喉を潤した。

「顔も舐めてヌルヌルにして」

言いながら、返事も待たず彼女の顔を引き寄せ、その唇に鼻を押しつけた。

由希子も快感に乗じて舌を伸ばし、ヌラヌラと鼻の穴を舐め回してくれた。

「ああ、息がいい匂い……」

「うそ……、お昼のあとに歯磨きもしていないのよ……」

由希子は急にためらったが、何しろ顔を押さえつけてズンズンと股間を突き上げるから、否応なく彼女の口からは熱く湿り気ある息が吐き出され、彼も好きなだけ嗅ぐことができた。

「ああ……、恥ずかしい……」

由希子は喘ぎながら、それでも再び舌を這わせ、彼の顔を生温かな唾液でヌルヌルにまみれさせてくれた。

「い、いきそう……」

彼女が声を上ずらせて言い、突き上げに合わせて自分からもリズミカルに腰を遣いはじめた。

心を覗くと、膣感覚でのオルガスムスらしきものは体験していた。

ただ、それは婚約者をつなぎ止めるほどの魅力ではなかったようだ。

「ねえ先生、オマ××気持ちいいって言ってみて」

「そ、そんなこと、言えるわけないでしょう……」

囁くと、由希子は思わずキュッときつく締め上げながら声を震わせた。

「お願い。先生の綺麗な声で聞きたい。ほら、こんなに濡れているんだから気持ちいいでしょう?」

「でも、そんな恥ずかしいこと……」

由希子は言いながらも、新たな愛液を漏らしてきたので、相当に感じているようだった。

「言ってくれたら、僕もいってしまうから、そうしたらシャワーを浴びようよ」

浩司が言うと、由希子もフィニッシュへの期待に意を決したようだ。

「オ……、オマ××気持ちいい……、ああッ!」

息を詰めて囁き、由希子は自分の言葉に激しく感じて締め付けてきた。

「わあ、まさか先生が本当に言うなんて」

「い、意地悪ね……、アア……、またい、いっちゃう……!」

からかうように言うと、たちまち由希子の膣内の収縮が活発になってきた。

「き、気持ちいいッ……!」

由希子が声を上ずらせて言うなり、ガクンガクンと激しい痙攣を起こした。どうやら本格的にオルガスムスに達してしまったらしい。

浩司も巻き込まれ、続いて絶頂を迎えて大きな快感に貫かれた。

試《こころ》みに、由希子の心を覗いてみようとしたが、女性のオルガスムスがあまりに凄まじそうなので恐れをなし、彼は自分の快感に専念した。

ありったけの熱いザーメンを勢いよく柔肉の奥にほとばしらせると、

「あう……、すごい……」

噴出を感じた由希子が、駄目押しの快感を得て呻き、まるで飲み込むようにキュッキュッと締め付けてきた。

浩司は由希子の吐息の刺激で鼻腔を満たして快感を噛み締め、心置きなく最後の一滴まで出し尽くしていった。

浩司はすっかり満足しながら突き上げを弱め、力を抜いて彼女の重みを受け止めた。

「ああ……」

由希子も声を洩らし、グッタリと力を抜いて彼にもたれかかってきた。

まだ膣内の収縮が続き、刺激されたペニスが過敏にヒクヒクと内部で跳ね上がった。すると彼女も敏感になっているように、息を詰めてキュッときつく締め付けてきた。

恐る恐る心根を覗くと、由希子は何も考えられず、深い満足感の空白の中で荒い呼吸を繰り返すばかりだった。

彼も由希子の口に鼻を当ててかぐわしい息を嗅ぎながら、うっとりと快感の余韻を噛み締めた。

失神したように体重を預けていた由希子が、徐々に我に返ってそろそろと股間を引き離し、ゴロリと横になった。

「よかったですか。僕も最高でした。それに先生の、全ての匂いを覚えたし」

「い、言わないで……」

言うと、由希子がビクリと身じろいで答えた。

「じゃ、バスルームに行きましょう。立てますか……」

起き上がった浩司が言うと、脱力している由希子も早く洗い流したいのか、ノロノロと身を起こしてきた。それを支えてベッドを下り、一緒にバスルームに入った。

力尽きた彼女が、メガネを掛けたまま椅子に座ると、浩司はシャワーの湯を出して互いの股間を洗い流した。

すると由紀子も自分でノズルを使って全身を洗い、ようやくほっとしたようだった。

もちろんバスルームだから、浩司はまたもや彼女に例のものを求めたくなった。ましてや淑やかな由希子が放尿する様子は、是が非でも見たかった。

「ね、こうして」

浩司は由希子を立たせて椅子を押しやり、案外広い洗い場に仰向けになって彼女を顔に跨がせてしゃがませた。

由希子の場合は立ったままより、和式トイレスタイルを取らせたかったのだ。しゃがむと脚がM字になり、脹ら脛と内腿がムッチリと張り詰め、真下から見られる羞恥に新たな愛液が溢れてくるのが分かった。

「どうするの……」

「オシッコして」

「そんな……、無理に決まっているでしょう……」

言うと、由希子は驚きに声を震わせ、ビクリと内腿を強ばらせた。

「どうしても、先生の出したものを顔や口に受けてみたいから」

浩司は真下から言いながら、逃げないよう彼女の腰を押さえつけた。

そして湯に濡れた茂みに鼻を埋め込むと、もう濃厚だった匂いは薄れてしまっていたが、舐めると淡い酸味のヌメリが舌の動きを滑らかにさせた。

「ああ……、ダメよ、吸わないで、本当に出ちゃうから……」

浩司が、滴る愛液をすすりながら舐め回し、クリトリスに吸い付くと由希子が声を上ずらせて言った。

「いいよ、出して、お願い」

下から言いながら、なおも舌を挿し入れて掻き回すと、何度か内部の柔肉が迫り出すように盛り上がり、急に温もりと味わいが変化した。

「あうう……、ダメ、出る……」

すっかり尿意の高まった由希子が呻き、とうとうポタポタと温かな雫が滴って来たかと思うと、やがてチョロチョロとした流れがほとばしってきた。

浩司は口に受け止め、仰向けなので噎せないよう気をつけながら、少しずつ喉に流し込んだ。

意外なほど味も匂いも薄く、すんなり飲み込めたが、溢れた分が耳や首筋に伝い流れた。

「アア……、信じられない……」

飲み込む音を聞きながら由希子は言ったが、いったん放たれた流れは止めようもなく、次第に勢いをつけていった。

彼も夢中になって飲み込み、味と匂いはあとでゆっくり味わうことにした。

しかしピークを越えると急激に勢いが衰えてゆき、やがて放尿は終わってしまった。

最後に滴る雫に愛液が混じり、ツツーッと糸を引くようになると、浩司は再び舌を挿し入れて余りをすすりながら、すっかり回復して元の硬さと大きさを取り戻してしまった。

「も、もうやめて……」

由希子が言い、懸命に股間を引き離した。

浩司も起き上がると、彼女は割れ目と彼の顔にシャワーの湯を浴びせた。

「飲んじゃった。まさか先生が本当にしてくれるなんて」

「黙って……。意地悪ね……」

由希子は泣きそうになって彼を詰《なじ》った。

「ね、またこんなに硬くなっちゃった」

「知らないわ……」

勃起したペニスを見せて言ったが、由希子はツンと顔を背けた。シャワーを浴びて自分を取り戻すと、数々の羞恥や彼との行為が甦ってきたのだろう。

「もう一回したい」

「ダメよ。またしたら寝込んでしまうわ」

「じゃ、お口でして」

「嫌よ。自分で勝手にしなさい」

「じゃ、せめてこうして……」

浩司はバスタブに寄りかかりながら彼女の両手を引き寄せ、ペニスを包み込んでもらった。

すると彼女も、キリ揉みするように両手で幹を挟んで動かしてくれた。

浩司は快感を味わいながら彼女の顔を引き寄せ、唇を重ねて舌をからめた。

「ンン……」

由希子も、もう拗ねた感じは消し去り、愛撫を続けながら息を弾ませて舌を蠢かせてくれた。

さらに彼は、由希子の手の中で幹を震わせながら、彼女の開いた口に鼻を押し込んで、花粉臭に混じったオニオン臭の刺激で鼻腔を満たした。

「いい匂い、刺激がちょうどいい……」

「あ……」

また思い出したように由希子が声を洩らし、顔を引き離してしまった。

「ね、僕の顔に思い切りペッって唾を吐きかけて」

「そんなこと、絶対に無理よ……」

「してくれたら、すぐに終わるから」

言うと、そろそろ疲労も溜まってきたので終わりにしたいのか、由希子が意を決して顔を寄せてきた。そして大きく息を吸い込んで唇をすぼめると、ペッと唾液を吐きかけてくれたのだ。

「アア……、もっと強く……」

かぐわしい息を顔に受け、浩司は鼻筋を唾液に濡らされながらせがんだ。

由希子も、ペニスをしごきながらさっきより強く吐きかけ、生温かな唾液の固まりが彼の眉間にふりかかった。それは甘酸っぱい匂いを漂わせ、トロリと彼の頬を伝い流れた。

「い、いく……、お願い、お口でして……」

浩司は言いながら身を起こし、バスタブのふちに腰掛けて股を開き、間に彼女の顔を引き寄せた。

すると由紀子も丸く開いた口に亀頭を含んで吸い付き、チロチロと舌をからめながら顔を前後させ、スポスポと摩擦してくれたのだった。

やはり、絶頂となると由希子も言うことをきいてくれるのだ。

「アアッ……！」

突き上がる快感に喘ぎながら、浩司は勢いよく由希子の喉の奥に向けて熱いザーメンをほとばしらせた。

「ク……！」

すると、喉に直撃を受けた由希子が呻き、噎せそうになって口を離した。

浩司は慌てて自分でしごき、余りのザーメンをほとばしらせると、それは彼女の顔中に飛び散り、レンズを濡らして涙のように頬を伝った。

由希子も、すぐに第一撃を飲み下して事なきを得ると、顔を濡らしながらも再び亀頭を含んで最後まで吸い出してくれた。

「ああ、気持ちいい……」

浩司はうっとりと声を洩らし、すっかり満足しながら力を抜いた。

もう出ないと知ると由希子も全て飲み干し、口を離して濡れた尿道口を丁寧に舐めてくれた。

「あうう……、も、もういいです、どうも有難う……」

浩司は言い、ヒクヒクと過敏に幹を震わせると、ようやく由希子も舌を引っ込めた。

そして彼女はメガネを外してシャワーの湯で顔を洗い、さらに互いの全身も流してから、身体を拭いて一緒にバスルームを出たのだった。

二人で身繕いしながら由希子の心根を読むと、操作などするまでもなく、めくるめく体験に後悔などは微塵も無く、むしろ浩司が帰ったあとに思い出してオナニーしたいようだった。

それを知ると、浩司はまた催しそうになったが、もう由希子の方は身も心も限界だろうから引き上げることにした。

「どうか、また会って下さいね」

「困るわ。今日だけのことにしたいのだけれど……」

由希子は答えたが、もちろん言葉は建前であり、すぐにも肉体の方は彼を求めてくることだろう。

「そんなこと言わないで、決してしつこくしませんから、どうかメアドの交換をして下さい」

浩司が言うと、彼女も応じてくれた。これで、いちいち研究室を訪ねたり、廊下で偶然に会うのを待つ必要もない。

「じゃ僕、帰ります。ありがとうございました」

彼は感謝を込めて言い、由希子も一瞬名残惜しげな表情をしたが、すぐに送り出した。やはり一人暮らしだと、人が帰ったあとは寂しいのだ。まして、数々の激しい快感を得たのだから、なおさらだろう。

浩司はマンションを出てから駅まで歩き、そこから高円寺のアパートに戻り、簡単に食事を終えてから執筆にかかった。

やがて第二章の辰美のことを書き終え、三章の由希子のことも一つ一つ思い出しながら書き綴ったのだった。

5

「どうしちゃったんだ。まさか、三十歳の大学助手のメガネ美人ともしちゃったの?」

数日後に浩司が月影堂を訪ねると、原稿を読んだらしい吾郎が待ち構えていたように言った。今日も骨董屋には誰も客がおらず、吾郎も今は暇らしく作務衣姿で帳場にいた。

「はい、すごく女性運が向いてきたようで」

「そうか、一人知って自信を持つと、何となく連鎖するものなのだなあ。実に羨ましい」

吾郎は茶を淹れてくれ、浩司も隅の丸椅子に座った。

「とにかく書くのも早い。これで文庫の半分だな。あとはいい体験があれば進むだろうし、あるいは願望や妄想を加えてもいい」

「はい」

浩司は頷き、茶をすすった。

「ごめんください」

と、そのとき一人の女性客が入ってきた。

三十代前半で、髪を引っ詰めて少々地味な服装だが、なかなかの美形で主婦らしい感じだった。

「おや、珍しい。お客さんか。はいどうぞ」

「あの、こちらは古本も買っていただけるのでしょうか」

彼女が、持って来た紙袋を重そうに帳場に置いて言った。

「ええ、あまり多くは出せませんが、拝見しましょう」

「あの……」

彼女がモジモジと、浩司の方を見た。

「ああ、彼はここのバイトですからお気になさらずに。では」

吾郎は言って、紙袋から何冊かの分厚い本を出した。

浩司も見てみると、それは豪華な箱入りの『高橋鐵《たかはしてつ》コレクション』の上下巻と伊藤晴雨《いとうせいう》の画集、その他も古いエロ本ばかりだった。

高橋鐵は有名な性心理学者で、伊藤晴雨は縛り絵を得意とする絵師だ。

「こ、これは貴重なものですね……」

吾郎が目を輝かせて言った。

「先日義父が亡くなりまして、書斎を整理していたらこのようなものが多く。値打ちのありそうなものだけ処分せず持って来ました」

「そうですか。じゃ鑑定しますが貴重なものなので、この紙に住所とお名前を。あるいは免許証があればコピーを」

吾郎が用紙を差し出して言ったが、彼女はバッグから免許証を取り出した。

「じゃ、これ、コピー頼む」

言われて浩司は受け取り、奥のコピー機を使った。見ると、名は若村志穂《わかむらしほ》、記された生年月日から年齢は三十二歳とわかった。

その間、吾郎は本の状態や奥付を見て鑑定した。

「では、お返しします」

コピーを取った浩司は、免許証を志穂に返した。

「全部で、二万五千円でよろしければ」

「そんなに。はい、ありがとうございます。それで結構です」

吾郎が言うと、志穂も頷いた。資源ゴミに出すより、ずっと多い実入りになったことだろう。

吾郎が出した金を受け取ると、すぐに志穂は用紙に受け取りを書き、辞儀をして店を出ていった。

「綺麗な人だな。この本も中身を見たのだろう。追って懇《ねんご》ろになれ」

「え……？」

「初版本が入っていたから、もう五千円追加だと言って渡して、それをきっかけに仲良くなって四章を書け」

「で、でも、先生も彼女と仲良くなりたいのでは……」

「わしは何人ものセカメがいる」

「セフレじゃなく、セカメって何ですか？」

「セックスカウンセリングメンテナンスだ。そんなことよりも早く彼女を追うのだ。行け、浩司！」

吾郎が、彼に五千円札を渡して力強く言った。

「わ、分かりました。ありがとうございます。じゃ行ってきます」

「ああ、うまくいったら克明に描写するのだぞ！」

吾郎が言って浩司を送り出した。あるいは還暦の吾郎は、もう自分で実践するより、浩司のような若者の体験談を読む方が楽しいのかも知れない。

とにかく浩司は、志穂が去った方へ走った。

彼女も車ではなく徒歩らしく、遠くに後ろ姿が見えた。確かに、さっき見た住所では、この近辺なのだ。

「あの、お待ち下さい」

「え……？　まあ、さっきの」

追いついて声を掛けると、振り返った志穂が目を丸くした。同時に、生ぬるく甘ったるい体臭が鼻腔をくすぐってきた。

「これ、追加分です。初版本を見落としていたようで」

「まあ、それはご親切に」

志穂は言って、受け取った金を財布にしまった。

「追加分の受け取りを書きに店へ戻りましょうか」

「いえ、結構です」

「でも、それじゃ困るでしょう。すぐそこが私の家ですから、玄関でお待ちになって」

志穂は言い、住宅街の路地に入って浩司を案内した。

まだ体臭を嗅いだだけだが、試みに浩司は彼女の心を読んでみた。果たして、さすがに能力が増幅しているらしく、希薄ではあるが志穂の感情の渦を朧気に読み取ることが出来た。

(こんな若い男の子に、嫌らしい本を見られてしまって恥ずかしいわ。うちの人の性癖も、やはりお義父さんの血を引いているからかしら……)

志穂は、そのように思っていて、義父の死は本当らしい。同じ性癖を持つらしい亭主は商社マンで、三カ月以上前から海外に単身赴任中。そして、彼女もここのところ欲求不満で、あの本を見てオナニーしてしまったようだ。

さらに彼女には赤ん坊がいて、さっきから感じている甘ったるい匂いは母乳のようだった。

今は、彼女の実母が志穂の代わりに風邪気味の赤ん坊を病院へ連れて行っており、夕方まで一人きりらしい。

「ここです」

こぢんまりとした一軒家の鍵を開け、志穂が言って浩司を中に招き入れた。

「じゃ、待ってて下さいね」

志穂は言って急いで上がり込み、便箋を出してきて追加分の金額と名前を書いてくれた。見ていると彼女は乳が張って、少々辛いようだった。

(この子が吸ってくれたら、どんなに嬉しいかしら……)

志穂は、そんなことを思いながら受け取りを彼に渡してきた。

「じゃ、これでよろしいわね」

「はい、ありがとうございます。あの、もしかしてお乳が張って苦しいのでは?」

浩司は、彼女の心を読んで、思いきって言ってみた。

「まあ、なぜ分かるの……?」

志穂が驚いて言い、ふんわりと甘い吐息の匂いが感じられた。それは辰美に似た花粉臭で、やや刺激が濃くて彼の股間に響いてきた。

「前に、叔母のそうした状態を見ていたから」

「そんなに辛そうにしていたかしら……」

「あの、嫌でなかったら、僕が吸い出しますが」

「まあ……」

志穂は目を丸くして彼を見ながら言うと、少し考えてから玄関の戸を閉め、内側から施錠した。

「上がって。バイトの方は大丈夫?」

「ええ、本当はバイトじゃなく、あの先生の弟子なんです」

浩司は、靴を脱いで上がりながら答えた。

「何の先生?」

「官能小説です。僕も、まだ女性を知らないのに興味があって、書いては送って批評してもらってます」

「まあ、官能……」

浩司はまた無垢なふりをして答えると、彼女は小さく言った。そして志穂はリビングを横切り、奥の和室に彼を招き入れた。

赤ん坊と昼寝するためか、すでに布団が敷きっぱなしで、傍らにはベビーベッドもあった。室内には、やはり甘ったるい匂いが生ぬるく濃厚に立ち籠めている。

「じゃ、お願いするわ。でも先生にも誰にも内緒よ」

「ええ、もちろんです」

浩司が答えると、すぐに志穂は布団に座り、ブラウスのボタンを外して左右に開いた。そして授乳しやすいようなフロントホックのブラを外すと、内側に当てていた肉マンのような乳漏れパットも外した。

浩司も、激しく胸を高鳴らせ、勃起しながら座って顔を迫らせた。

さすがに乳房は、今まで見た中で一番豊かで、やや大きめの乳輪と乳首は濃く色づき、白く張りのある膨らみには、うっすらと細かな血管が透けて艶めかしかった。

その乳首の先端に、ポツンと乳白色の雫が浮かび、今にも滴りそうになっていた。さらに、服の内側に籠もっていた温もりと匂いが解放され、浩司は濃厚な匂いに酔いしれた。

「じゃ、失礼して……」

浩司が顔を寄せてチュッと乳首を含むと、

「く……」

志穂が喘ぎを堪えるように息を詰めて小さく呻き、彼の顔を胸に抱きながら、ゆっくりと布団に横たわっていった。

ちょうど腕枕される形で、浩司もうっとりと体臭に噎せ返りながら吸い付き、乳首を舐めた。最初は要領が分からないが、強く唇に挟んで芯を刺激すると、すぐにも生ぬるい母乳が出て舌を濡らしてきた。

(出てきた……)

浩司は感激に打ち震えながら、夢中になって吸い続けた。

薄甘い母乳で喉を潤すと、さらに鮮明に彼女の心を読み取ることができた。

亭主とは三カ月以上もご無沙汰で、志穂は毎晩のようにオナニーしていた。

しかもバイブを使い、クリトリスと膣、アヌスまで刺激しているらしい。

(ああ、もう我慢できないわ。この子が欲しい……!)

志穂はそう思い、好機を狙い澄ましているようだった。

第四章　母乳人妻のお尻に

1

「ああ、だんだん楽になってきたわ……」

志穂が言い、実際張りが和らいできた乳房から浩司の顔を引き離し、もう片方の乳首を差し出してきた。

浩司はそちらも含み、すっかり要領を得て母乳を吸い出し、うっとりと喉を潤した。

「まあ、飲んでもらっているのね。うっかりしていたわ。ティッシュに吐き出してもらおうと思っていたのに……」

今気づいたように志穂は言ったが、もう淫気の高まりで動けないようだった。

浩司は顔を豊かな膨らみに押し付けて生ぬるい母乳を飲み続け、腋から漂う濃厚な汗の匂いと、肌を伝って漂う甘い息の匂いに痛いほど股間が突っ張ってしまった。

しかも志穂は、由希子のように腋毛までそのままにし、化粧気もないので、全て彼女本来のナマの匂いだけが漂っていた。

やがて左右の乳首から母乳を吸い尽くすと、すっかり張っていた膨らみも柔らかくなり、志穂が溜息をついた。

「ありがとう。もういいわ……、あう、舐めないで……」

なおも浩司が吸い付き、コリコリと硬くなった乳首を舌で転がすと、志穂はビクリと肌を震わせて喘いだ。

そして言葉とは裏腹に、浩司の顔をしっかりと胸に抱きすくめて悶え、彼は心地よい窒息感に噎せ返った。

「アア……、いい気持ち……、ね、もし童貞なら、女を知りたいでしょう。私でよければ、何でも好きにして構わないわ……」

志穂が息を弾ませて言い、もう後戻りできないほど淫気が高まってしまったようだった。

浩司は左右の乳首を充分に味わってから、さらに腋毛の煙る腋の下にも鼻を埋め込み、柔らかな感触と甘ったるく濃厚な汗の匂いを貪った。

「あう……、ダメよ、汗臭くて恥ずかしいわ。とにかく脱ぐから離れて……」

志穂が、羞恥と興奮に身悶えながら、懸命に彼の顔を腋から突き放して起き上がった。

「さあ、あなたも脱いで……」

彼女は言いながら、乱れていたブラウスを脱ぎ去り、さらにスカートとパンストも下ろして、みるみる白い熟れ肌を晒していった。

もちろん浩司も身を起こして手早く脱ぎ去り、全裸になって激しく勃起したペニスを露わにした。

志穂は一糸まとわぬ姿になって再び仰向けになり、熟れ肌を投げ出した。

「お願い、好きなようにして……」

もともと受け身のマゾ体質なのか、彼女は手ほどきするより翻弄される方を望んでいるようだった。

浩司は彼女の足の方に移動し、足裏を舐めて指の間に鼻を押しつけた。

「あう……、そんなことしなくていいから、早く入れて……」

志穂が、声を上ずらせてせがんだ。欲求が溜まって早く挿入されたいのも事実だが、それ以上に匂いが気になるのだろう。

しかし羞恥も、彼女の高まりには欠かせないもののようだ。

だからこそ、恥ずかしいのを我慢して卑猥な本を売りに来たのだし、亭主とも離れた状態で、新鮮な羞恥快感に飢えているのだ。

構わず浩司は指の股に沁み付いた汗と脂の蒸れた匂いを貪り、爪先にしゃぶり付いて舌を割り込ませた。

「アア……、ダメ、汚いわ……」

志穂が声を震わせ、腰をくねらせた。見なくても、もう割れ目がヌルヌルになっているのが分かるようだった。

こうした相手は、遠慮せず強引にした方がよいのだろうと思い、浩司も黙々と好きなように行動した。

しゃぶり尽くすと、もう片方の足裏と指の股も味と匂いを貪り、やがて脚の内側を舐め上げて股間に顔を寄せていった。

ムッチリと量感ある内腿も細かな血管が透けて艶めかしく、割れ目を見ると、やはり愛液が大洪水になって、陰唇と内腿の間に粘液が糸を引いていた。

ふっくらした股間の丘に茂る恥毛は程よい濃さで、はみ出した割れ目を広げると、膣口は白っぽく濁った粘液がまつわりついて息づき、光沢あるクリトリスも硬く突き立っていた。

「ああ、お願いよ、早く入れて……」

志穂は朦朧となって声を震わせ、しきりに腰をくねらせた。

もちろん入れる前に舐めたいので、そのまま浩司は彼女の股間にギュッと顔を埋め込んでいった。

柔らかな恥毛に鼻を擦りつけて嗅ぐと、汗とオシッコの混じった匂いが濃厚に沁み付き、悩ましく鼻腔を刺激してきた。

「すごく匂いがして嬉しい」

「アアッ……！　ダメ……」

股間から言うと、志穂は腰をくねらせ、内腿でキュッときつく彼の顔を挟み付けてきた。

浩司は茂みの隅々に籠もった女臭を貪り、舌を這わせていった。

生温かくトロリとした愛液は、やはり淡い酸味を含んで舌の動きを滑らかにさせ、彼は膣口からクリトリスまで舐め上げた。

「あう……、い、いい……！」

志穂も羞恥より快感に呻き、白い下腹をヒクヒクと波打たせて悶えた。

浩司も執拗にクリトリスを吸い、舌で弾くように愛撫しては、トロトロと溢れる愛液をすすった。

さらに彼女の両脚を浮かせ、白く丸い尻の谷間を見ると、出産で息んだ名残か夫によるアナル愛撫によるものか、レモンの先のようだった辰美より艶めかしく、小さな乳頭状の突起が上下左右に並んで粘膜の光沢を放ち、まるで椿の花弁のようだった。

鼻を埋めると、やはり生々しい微香が籠もり、浩司は貪るように嗅いでから舌を這わせた。そしてヌルッと潜り込ませると、

「く……！」

志穂が呻いて肛門を締め付け、彼も滑らかな粘膜を心ゆくまで味わった。

舌を蠢かせてから脚を下ろし、割れ目に戻りながら志穂の心の中を読むと、やはり彼女はローターによるアナルオナニーも体験していた。

「い、いきそうよ……、お願い、入れて……」

「あの、ローターをお尻に入れていいですか？」

彼女がせがみ、浩司は思いきって言ってみた。

「まあ……、見ただけで分かるの……？　あなた本当に童貞……？」

「いえ、そんな気がしたものだから」

浩司が答えると、志穂は手を伸ばし、引き出しからピンクの楕円形をしたローターを取り出した。

「いいわ、好きなようにして……」

再び仰向けになり、今度は自分から両脚を浮かせて抱えた。舐められる羞恥より、入れられる方が好きなのだろう。

浩司は受け取ると、唾液に濡れた肛門にあてがい、指で押し込んでいった。

何度も入れているせいか、彼女も括約筋を緩めてズブズブと受け入れてゆき、たちまちピンクのローターは奥に没し、再びつぼまった肛門からはコードが延びているだけとなった。

コードに繋がっている電池ボックスのスイッチを入れると、奥からブーンと低くくぐもった振動音がして、

「アアッ……！」

志穂が熱く喘ぎはじめた。

艶めかしい光景に浩司も我慢できなくなり、股間を進めて正常位で先端を割れ目に押し当てた。

擦りつけて亀頭にヌメリを与えてから、ゆっくり膣口に挿入していった。

愛液が多いので、ペニスはヌルヌルッと心地よい肉襞の摩擦を受けながら滑らかに根元まで呑み込まれた。

出産したからといって緩いことは全くなく、しかも肛門にローターが入っているので膣内まで圧迫され、きつく感じるほど締まりはよかった。

「ああ……、いいわ、すごい……！」

深々と貫き、股間を密着させて身を重ねると、志穂も喘いで両手でしがみついてきた。

ペニスの裏側には、間のお肉を通してローターの振動が妖しく伝わってきた。

「す、すぐいきそうよ……、アア、もうダメ……」

志穂は涙さえ滲ませて喘ぎ、待ちきれないようにズンズンと股間を突き上げてきた。

浩司も合わせて腰を遣いはじめ、上からピッタリと唇を重ねて、柔らかな感触と、甘い刺激の息を嗅ぎながら舌を挿し入れていった。

「ンンッ……！」

志穂も彼の舌に吸い付きながら熱く鼻を鳴らし、膣内の収縮を活発にさせた。

浩司も、いつしか股間をぶつけるように激しく突き動かし、濡れた肉襞の摩擦と、美女の唾液と吐息に高まっていった。

2

「い、いい……、すごいわ、ああーッ……!」

苦しげに口を離すと、志穂が彼を乗せたままブリッジするように反り返り、オルガスムスを迫らせたようだった。

浩司も美女の唾液と吐息を味わい、濡れた肉襞の摩擦でフィニッシュを目指そうとすると、そこで彼女が意外なことを言ってきたのだった。

「お、お願い、お尻を犯して……」

「え……? 大丈夫かな……」

言われて戸惑ったが、心の中を読み取ってみると志穂はアナルセックスも経験していたのだ。

好奇心を覚えた浩司は動きを止めて身を起こし、いったんヌルッとペニスを引き抜いた。

そしてスイッチを切り、コードを握って注意深く引っ張ると、肛門がみるみる丸く広がって、ローターが見えた。やがてツルッと抜け落ちると、ツボミは僅かに開いて中の粘膜を覗かせていた。

そこは、割れ目から滴る愛液でネットリと濡れていた。

浩司は志穂の両脚を浮かせて股間を進め、愛液にまみれた先端を肛門にあてがい、ゆっくり押し込んでいった。

「あう……、もっと一気に……」

志穂がせがみ、浩司も思い切り貫いた。

「アァッ……！」

志穂が微かに眉をひそめて喘ぎ、キュッときつく彼自身を締め付けてきた。

浩司は、やはり膣内とは違った摩擦と温もり、感触を味わいながら股間を密着させた。

下腹部に尻の丸みが当たって何とも心地よく弾み、思ったほどのベタつきもなく、むしろ滑らかだった。

すると志穂が、自ら片方の手で母乳が滲むほど乳首を摘んで動かし、もう片方の手で空いている割れ目を探って激しくクリトリスをいじった。

「つ、突いて、お願い、強く奥まで何度も……、滅茶苦茶にして……！」

彼女が声を上ずらせて言い、浩司も身を起こしたままズンズンと腰を突き動かしはじめた。

さすがに彼女も慣れているようで締め付けの緩急をつけ、浩司も次第にリズミカルに律動できるようになっていった。

「い、いく、気持ちいい……、アアーッ……！」

志穂は、アヌスとクリトリスへの刺激で今度こそ本当にオルガスムスに達したようだった。

浩司も収縮に巻き込まれ、同時に絶頂に達し、熱い大量のザーメンをドクドクと内部にほとばしらせてしまった。

「あう、もっと出して……！」

直腸でも噴出を感じたか、志穂が呻いて言った。

内部に満ちるザーメンに、さらに動きがヌラヌラと滑らかになった。彼は快感に身悶えながら勢いよく突きまくり、最後の一滴まで出し尽くしていった。

初めてのアナルセックスに満足しながら、浩司が動きを弱めていくと、

「ああ……」

志穂も満足げに声を洩らし、乳首と股間から手を離してグッタリと身を投げ出

した。

それでもまだ直腸内の収縮がキュッキュッと続き、濡れたペニスが内圧に押し出されていった。そしてツルッと抜け落ちると、何やら美女の排泄物にされたような興奮が湧いた。

ペニスに汚れの付着はなく、粘膜を覗かせた肛門がみるみるつぼまり、元の艶めかしい形に戻った。

「さあ、早く洗った方がいいわ……」

志穂は余韻に浸る余裕もなく、懸命に起き上がって言った。

浩司も身を起こし、一緒にバスルームへと移動すると、彼女がシャワーの湯とボディソープで念入りにペニスを洗い流してくれた。

「さあ、オシッコして。中も洗い流さないと」

湯を掛けてから志穂が言い、浩司は回復しそうになるのを堪え、懸命に尿意を高めてチョロチョロと放尿した。

出し終えると、また志穂が湯で洗い流して屈み込み、最後は唾液で消毒するようにパクッと亀頭を含んで舌をからめた。

その刺激に、彼自身は志穂の口の中でムクムクと最大限に膨張していった。

「ンン……、お、大きいわ……」

呻いて苦しげに口を離した志穂が言い、あらためて光沢ある亀頭を見つめた。

「ね、志穂さんもオシッコしてみて」

浩司は言い、床に座ったまま目の前に志穂を立たせた。

「どうして私の名前を……ああ、免許証ね」

自分も股間を洗い終えた志穂は言いながらも、まだ彼と同じように淫気をくすぶらせたまま素直に立って股間を突き出してくれた。羞恥心は大きいが、他の誰よりもアブノーマルな要求には寛容なようだ。

浩司は彼女の片方の足を浮かせてバスタブのふちに乗せさせ、開いた股間に顔を埋めた。

「ああ、もう汗とオシッコの匂いが消えちゃった」

「は、恥ずかしいから言わないで……」

彼女は言い、舐められて新たな愛液を溢れさせてきた。

「いいの？　いっぱい出そうよ……」

やがて尿意を高めた志穂が言い、浩司は答える代わりに舌を挿し入れて柔肉を舐め回した。

「あうう、出る……」

彼女が言うなり、すぐにもチョロチョロと温かな流れが浩司の口に注がれてきた。彼はやや濃い味と匂いを感じながら喉を潤し、溢れた尿を身体中に受けながらうっとりと酔いしれた。

「アア……」

志穂はガクガクと膝を震わせながら声を洩らし、言うほど溜まってはおらず、やがて放尿を終えた。なおも浩司は残り香の中で舌を這わせたが、やはり新たな愛液の淡い酸味が内部に満ちていった。

彼女は足を下ろしてしゃがみ込み、もう一度互いの全身に湯を浴びせた。

「ね、もう一回できそうね。今度はちゃんと前に入れて出して……」

志穂が囁き、二人は身体を拭いてバスルームを出ると、再び全裸のまま布団に戻っていった。

浩司が仰向けになると、志穂はすぐに彼の股間に顔を寄せてきた。

まずは彼の両脚を浮かせて肛門を舐めてくれ、舌をヌルッと侵入させた。

「あう……」

浩司は快感に呻き、モグモグと美人妻の舌先を肛門で締め付けた。

志穂も大胆に内部で舌を蠢かせてから引き抜き、さらにオッパイを押しつけ、唾液に濡れた肛門に乳首を密着させた。

これも妖しい快感で、何やら母乳で浣腸されるような興奮を覚えた。

さらに志穂は彼の脚を下ろし、陰嚢とペニスにもオッパイを擦りつけ、谷間で幹を挟んで揉んでくれた。

これも、肌の温もりと柔らかな感触が心地よかった。

ひとしきり愛撫すると、再び彼女は舌を這わせ、陰嚢を舐め回して二つの睾丸を転がした。

そして屹立した肉棒の裏側を舐め上げて先端まで来ると、粘液の滲む尿道口に舌を這わせ、そのままスッポリと喉の奥まで呑み込んでいった。

「アア……、いい気持ち……」

浩司は、美女の口の中で生温かな唾液にまみれたペニスを震わせて喘いだ。

「ンン……」

志穂も先端が喉の肉に触れるほど含んで熱く鼻を鳴らし、息で恥毛をくすぐった。付け根を口で丸く締め付けて吸い、内部では長い舌がネットリとからまり、さすがに他の女性よりも巧みなテクニックだった。

志穂は愛しげに舌を蠢かせ、小刻みに顔を上下させてスポスポと摩擦した。

「も、もう……」

充分に高まって言うと、すぐに志穂もスポンと口を離して顔を上げた。

「どうか、上から入れて下さい……」

浩司が言うと、志穂も身を起こして跨がってきた。

幹に指を添え、唾液に濡れた先端に割れ目を押し付け、息を詰めてゆっくり腰を沈み込ませた。

たちまち、屹立したペニスはヌルヌルッと滑らかに根元まで膣内に呑み込まれていった。

「ああッ……、いい……」

志穂が顔を仰け反らせて喘ぎ、キュッと締め付けてきた。やはりアナルセックスより、仕上げは膣感覚の絶頂で締めたいようだった。

浩司も、肉襞の摩擦と温もりに包まれながら快感を味わった。

見ると、濃く色づいた乳首から、またポツンと母乳の雫が滲み出ていた。

「ね、顔にミルクかけて……」

言うと、志穂も指で両の乳首をつまみ、前屈みになってきた。するとポタポタと母乳が滴り、さらに無数の乳腺から霧状になったものが浩司の顔じゅうに生温かく降りかかってきたのだった。

3

「ああ、いい気持ち……」

浩司は甘ったるい匂いと生ぬるい滴りに、うっとりと言いながら膣内のペニスを震わせた。

志穂は絞り尽くすと乳首から指を離し、覆いかぶさるように身を重ねてきた。

浩司は潜り込むようにして乳首を含み、吸い付きながら雫を舐めた。しかし、もうあらかた出尽くしてしまったようだ。

「唾も飲ませて……」

下からしがみつきながら言うと、素直に顔を寄せてきた。

形よい唇をすぼめると、白っぽく小泡の多い唾液をトロトロと吐き出し、彼は舌に受けて味わい、喉を潤した。

そして唇を求めて舌をからみつけると、

「ンン……」

志穂も小さく呻きながらネットリと舌を蠢かせ、徐々に腰を動かしはじめていった。

浩司も股間を突き上げると、志穂は口を離し、そのまま彼の顔を濡らした母乳を舐め取るように舌を這わせてくれた。

「アア、いきそう……」

彼はすぐにも高まって言い、顔中を美人妻の母乳と唾液でヌルヌルにまみれ、甘い刺激を含んだ口の匂いに絶頂を迫らせた。

「私もよ、すごく奥に響くわ……」

志穂も声を上ずらせて言い、腰の動きを速めながら膣内の収縮を活発にさせていった。

「息が、色っぽくていい匂い……」

「本当？　そんなこと言われたの初めてよ……」

「ね、下の歯を僕の鼻の下に引っかけて。匂いを嗅ぎながらいきたい」

「ああ、恥ずかしいわ……」

言いながらも志穂は従い、口を開いて下の歯を彼の鼻の下に当ててきた。

口腔は熱い湿り気が満ち、花粉に似た匂いが濃厚に籠もって彼の鼻腔を悩ましく刺激してきた。

「ああ、いい……、いく……！」

浩司は何度も嗅いで胸を満たしながら、ズンズンと激しく股間を突き上げた。

「アア……、いきそう……」

志穂も口を密着させながら否応なく熱い息を吐き出し続け、大量の愛液で律動を滑らかにさせていった。

たちまち浩司は大きな絶頂の快感に全身を包まれ、ありったけの熱いザーメンをドクンドクンと勢いよく膣内に注入した。

「き、気持ちいい、アアーッ……！」

噴出を感じた志穂も、オルガスムスのスイッチが入ったように声を上げ、ガクンガクンと狂おしい痙攣を開始した。

浩司は膣内の収縮の中、心置きなく最後の一滴まで出し尽くしていった。

二度の射精で満足し、彼が突き上げを弱めていくと、

「ああ、こんなによかったの初めてよ……」

志穂も硬直を解きながら、うっとりと吐息混じりに囁いて体重を預けてきた。

浩司は収縮する膣内で幹を過敏に震わせ、美人妻の唾液と吐息の匂いの中で、

うっとりと快感の余韻を嚙み締めたのだった……。

4

(あれ……？　亜由のママ……？)

大学の帰り、浩司は高円寺の駅前で一人の女性を見かけて思い当たった。

そういえば、高校時代に亜由の誕生会に文芸部員たちで呼ばれ、そのときに会って、何て綺麗なお母さんだろうと思った記憶があった。

名は春美《はるみ》。短大を出てすぐ結婚して亜由を生んだので、浩司の母親よりずっと若く、いま三十九歳のはず。

浩司は近づきながら異変に気づいた。

何と、歩いている春美の心が読めるのである。

これまで、本人の体液を吸収しなければ心は読めないと思っていたが、春美の心は隅々まで見透かすことができたのだ。

(そうか……、亜由自体が彼女の出したものだから、亜由を知った以上、それを生んだ彼女の心も読めるんだ……)

浩司は確信した。亜由が春美の体液の一部というのも失礼な話だが、読めるのだからそう考えるしかない。

彼は急激に淫気を催し、思いきって春美に声を掛けた。

「あの、横山さん。亜由ちゃんのお母さんですね」

「まあ、どこで会ったかしら……」

呼ばれて、振り返った春美は驚いて答えた。色白で豊満、亜由に似て整った顔立ちで、ふんわりと甘い匂いも漂った。

「僕、牧田浩司です。高校時代の亜由ちゃんの一級上で、誕生会でお宅へお邪魔したこともありました」

「そうだったの。よく気づいたわね。そういえばゆうべ亜由も、高校の先輩と再会したと言っていたけれど、あなただったのね」

春美は言い、警戒を解いて一緒に歩きはじめた。

「昨夜は亜由のお部屋に泊まって、今日は横須賀へ帰る前に、懐かしいのでこの界隈を歩いていたの」

彼女が言う。どうやら春美は短大時代に、高円寺に住んでいたことがあったらしい。

「そうですか。僕のアパートはすぐそこです」

「まあ、私が住んでいたところと近いわ」

「よければお茶でも」

「本当？　ずいぶん歩き回ったので、休憩したいと思っていたのよ」

誘うと春美も頷き、浩司は鍵を開けて彼女を中に招き入れた。

六畳一間に狭いキッチンとバストイレ。あまり掃除はしていないが、整頓だけはして、万年床ではあっても、それなりに機能的に配置されていた。

あとはノートパソコンの置かれた学習机と小型冷蔵庫、カラーボックスとテレビだけだった。

「コップ、綺麗ですのでご心配なく」

浩司はグラス二つに冷蔵庫の烏龍茶を注いで言い、食事用の小さなテーブルに置いた。

「ええ、大丈夫よ。いただきます」

春美は答え、座布団代わりに万年床の端に座って烏龍茶を飲んだ。

浩司も畳に座って烏龍茶で喉を潤し、彼女の心を読んだ。

春美は昨夕に亜由のハイツを訪ね、一緒に食事をして入浴して眠り、今朝は母娘で朝食をし、一緒に家を出た。

亜由は大学へ行くので別れ、春美はあちこち歩き回って昼食は店ですませ、そして高円寺に来ていたのだった。

夫は地元の中学校教員で、今はあまり夫婦生活もしておらず、春美は特にセフレもおらず、かなりの欲求を抱えているようだ。

それに地元ではなく、懐かしい土地をほぼ二十年ぶりに訪ね、だいぶ心も解放されて、気持ちも若い頃に戻っているようだった。

「ね、亜由のことが好きなの？」

春美が彼を見つめて言った。

「ええ、好きです。高校時代からずっと」

「そう、亜由も私に初めて男の子の話をしたから、気があるみたいだわ。あとは積極的にするだけね」

春美は言い、娘と一晩過ごしても、亜由が処女を失ったことには気づかなかったようだ。

「はあ、でも、経験が無いのでどうしていいか分からなくて……」

浩司は、また無垢なふりをしてモジモジと答えた。そのうち春美の気持ちを操作するまでもなく、彼女が淫気を向けてきた。

「何も知らないのでは困るわね。亜由も処女なのだから、少しは女のことを知ってリードしないと」

春美は彼に好感を持ってくれたらしく、浩司が亜由と付き合うことを賛成してくれていた。あるいは心根を覗き込みながら、無意識に互いの気持ちが交流しているのかも知れない。

「あ、あの、教えてくれますか……」

「ええ……、亜由には絶対に内緒よ。じゃ脱ぎましょう」

言うと、春美も色白の頬をほんのり紅潮させ、熱っぽい眼差しで答えた。

浩司は激しく勃起しながら立ち上がり、玄関ドアのロックをしてカーテンを引いた。

もちろん午後の陽が射し、女体が観察できるほど充分に薄明るい。

浩司も昨夜入浴したきりだが、春美が彼の匂いを不快に思わない程度の操作は施した。

そして彼が手早く脱ぎはじめると、春美もブラウスのボタンを外していった。

先に全裸になって万年床に横になると、彼女も背を向けてブラウスを脱いでブラを取り去り、白く滑らかな背中を見せた。

さらにスカートとパンスト、最後の一枚も脱ぎ去っていくと、白い豊満なお尻が見え、たちまち熟れ肌が全て露わになっていった。

「ああ……、何だか夢を見ているようだわ……」

春美が添い寝しながら言い、彼も甘えるように腕枕してもらった。

「わあ、嬉しい……」

浩司は、目の前いっぱいに広がる白い爆乳に圧倒されながら言った。

「大きいでしょう？　ずいぶん肩が凝るのよ……」

春美は、豊かな膨らみを息づかせながら言った。生ぬるく甘ったるい汗の匂いに混じり、彼女の吐息が白粉のような甘い刺激を含んで悩ましく鼻腔をくすぐってきた。

そして彼女は、自ら桜色の乳首を浩司の口に押し付けてきた。

浩司もチュッと吸い付き、コリコリと硬くなっている乳首を舌で転がすと、

「あぁッ……、いい気持ちよ……」

春美はすぐにも熱く喘ぎ、うねうねと悶えはじめながら彼の顔をきつく胸に抱き寄せた。

浩司は、搗《つ》きたての餅に顔を押し付けたような感触に包まれ、心地よい窒息感

に噎せ返った。

彼女は仰向けになりながら浩司を上にさせ、完全に身を投げ出してきた。

浩司も執拗に舐め回し、もう片方の乳首も含んで充分に愛撫した。

「アア……、もっと……」

春美は次第に夢中になって身をよじり、白い熟れ肌を波打たせせた。

彼は両の乳首を味わってから腋の下にも鼻を埋め込んだ。

スベスベに手入れされているのは、スポーツジムに通っており、水着になることもあるからだろう。しかし腋は生ぬるい汗にジットリ湿り、何とも甘ったるい体臭が濃厚に沁み付いていた。

浩司は美女の匂いで胸を満たし、さらに滑らかな熟れ肌を舐め下りて、形よい臍を舐め回した。

「ああ……、待って、恥ずかしいわ……」

彼が次に股間へ来ることを予想し、春美は急に激しい羞恥に見舞われたように言って、ゴロリと腹這いになってしまった。

浩司はそのまま、彼女のセミロングの髪に顔を埋めて甘い匂いを嗅ぎ、うっすらと汗の味のする背中を舐め下りた。

ブラの痕も艶めかしく、案外に背中が感じるように彼女は顔を伏せて呻いた。

腰を舐めると、また反応が激しく、やはり久々のセックスのため、どこに触れても敏感に感じるようだった。

ましてて童貞少年を相手にするのは初めてのことだろう。まあ童貞ではないが、娘のボーイフレンドだから、禁断の興奮も大きいに違いなかった。

浩司は腰から、何とも豊かな白い双丘の丸みを舐め下り、ムッチリとした太腿や、汗ばんだヒカガミから脹ら脛をたどって踵まで行った。

そして足裏を舐め、足首を摑んで浮かせ、もちろん指の股にも鼻を割り込ませて、汗と脂に湿って蒸れた匂いを貪って爪先にしゃぶり付いた。

「あう、ダメよ……！」

指の間に舌を挿し入れて味わうと、春美が驚いたように言い、指で舌を挟み付けてきた。浩司は弾むように蠢く尻を眺めながら、もう片方の足もしゃぶって味と匂いを堪能した。

ようやく脚を下ろすと、彼は春美を俯せのまま股を開かせて真ん中に腹這い、豊かな尻に顔を寄せていった。

「く……」

両の指で双丘をグイッと広げると、谷間の奥には亜由に匹敵するほど可憐な蕾がひっそりと閉じられていた。細かなピンクの襞が綺麗に揃い、視線を感じたようにキュッとつぼまった。

堪らず、吸い寄せられるように双丘に顔を密着させると、谷間に鼻がフィットした。

蕾には、汗の匂いに混じり秘めやかな微香も感じられ、浩司は何度も嗅いでから舌を這わせ、襞を濡らしてヌルッと潜り込ませた。

「く……」

春美が呻き、キュッと肛門で舌先を締め付けてきた。

浩司は滑らかな粘膜を味わい、舌を出し入れさせるように蠢かしては、顔じゅうで豊満な尻の感触を堪能した。

「アア、もうダメ、そんなところ舐めなくていいのよ……」

春美が声を上ずらせて言い、尻を庇うように再び寝返りを打ってきた。

浩司もいったん顔を引き離し、春美の片方の脚をくぐり抜け、仰向けになった彼女の股間に顔を迫らせた。

見ると、すでに割れ目は大洪水の愛液でヌルヌルにまみれていた。

恥毛も柔らかそうに丘に煙り、はみ出した割れ目は濃く色づき、指で広げると熟れた果肉が丸見えになった。

かつて亜由が生まれ出てきた膣口は、白っぽい粘液を滲ませて襞を震わせ、ポツンとした尿道口も見え、ツヤツヤと真珠色の光沢ある大きめのクリトリスもツンと突き立っていた。

「ああ……、見ているのね……」

春美が息を弾ませ、朦朧としながら言って内腿を震わせた。

浩司もすぐ茂みに鼻を埋め込んで嗅ぎ、汗とオシッコの混じった匂いで鼻腔を刺激されながら舌を這わせていった。

やはりヌメリは淡い酸味を含んで舌の動きを滑らかにさせ、彼は膣口の襞をクチュクチュ掻き回してからクリトリスまで舐め上げた。

「アアッ……!」

春美が身を弓なりに反らせて喘ぎ、内腿でムッチリときつく彼の両耳を挟み付けてきた。

浩司はクリトリスに吸い付きながら小刻みに舌で弾き、指も膣口に挿し入れて内壁を摩擦した。

「あう、ダメ、いっちゃう……、ああーッ……！」

春美は狂おしく腰を跳ね上げ、あっという間にオルガスムスに達し、あとは反り返ったまま硬直してヒクヒクと痙攣した。

愛液も潮を噴くように溢れ、いつしか春美は失神したようにグッタリとなり、荒い呼吸だけ繰り返しながら無反応になってしまった。

どうやら本当に絶頂に達してしまったらしく、浩司も指を引き抜き、股間から離れて再び添い寝していった。

そして喘ぐ口に鼻を押しつけ、甘い白粉臭の刺激を含んだ息を嗅ぐと、渇いた唾液の匂いに混じり、それは悩ましく鼻腔を満たしてきた。

そのまま唇を重ね、潤いを与えるように舌を這わせ、綺麗な歯並びを舐めてから内部にも潜り込ませていったのだった。

5

「ンン……」

ようやく春美が小さく声を洩らし、徐々に息を吹き返すようにチロチロと舌をからめはじめた。浩司も、美女の唾液と吐息を充分に吸収し、もう待ちきれないほど高まっていた。

そして、勃起したペニスを太腿に擦りつけていると、春美が手を伸ばしてやんわりと包み込んでくれた。

「すごいわ。こんなに硬い……」

春美はか細く言いながら、次第に本格的に愛撫をはじめた。

浩司が仰向けになると、彼女もノロノロと身を起こし、彼の股間へ顔を寄せていった。

「大きいわ。それに、男の子の匂い……」

春美は幹に頬ずりして言い、粘液の滲む尿道口に舌を這わせはじめた。そして張りつめた亀頭をしゃぶり、喉の奥までスッポリと呑み込んでくれた。

「ああ、いい気持ち……」

浩司は受け身になってうっとりと喘ぎ、美女の口の中で唾液に濡れた幹をヒクヒク震わせた。

春美もすっかり夢中になって吸い付き、熱い鼻息で恥毛をくすぐりながら、執拗にクチュクチュと舌をからみつかせてきた。

「ね、いきそう……、入れたい……」

ジワジワと高まりながら浩司が腰をよじって言うと、春美もチュパッと口を引き離してくれた。

「上から跨いで入れて下さい……」

「ダメよ。受け身じゃなく、自分からするように練習しておかないと」

彼が言うと、春美が添い寝しながら答えた。

確かに、〝処女の亜由とするための練習〟という名目だから、浩司も仕方なく身を起こした。

「じゃ、後ろから入れてみたい」

「いいわ」

言うと、春美も素直にうつ伏せになり、四つん這いで尻を持ち上げてくれた。

浩司は膝を突いて股間を進め、突き出された尻を抱えてバックから先端を膣口に押し当てた。

美熟女の無防備な姿勢が興奮をそそり、彼は感触を味わいながらゆっくり挿入していった。バックだと微妙に摩擦快感も異なり、たちまち急角度に反ったペニスはヌルヌルッと滑らかに根元まで呑み込まれた。

「アアッ……、いいわ、擦れる……」

春美が白い背を反らせて喘ぎ、キュッときつく締め付けてきた。

浩司も深々と貫いて股間を密着させると、下腹部に豊満な尻が当たり、何とも心地よく弾んだ。

（ああ、とうとう亜由のママとしちゃった……）

彼は感激と興奮に包まれながら、美熟女の温もりと感触を味わった。

そして何度か腰を突き動かすと、肌のぶつかる音とともに、新たな愛液が溢れてクチュクチュと動きを滑らかにさせ、内腿にも伝い流れて淫らに湿った音を立てた。

「ああ……、いい気持ち、もっと突いて、強く奥まで……！」

春美も尻を振りながら締め付け、激しく喘ぎはじめた。

浩司も豊満な腰を抱えながらリズミカルに律動したが、やはり顔が見えず唾液や吐息が味わえないのが物足りなかった。

そこで深々と押し込んだまま動きを止め、挿入したまま春美に横向きになってもらった。

彼は春美の下の脚に跨がり、上の脚を真上に差し上げ、両手でしがみついた。

ネットで見た松葉くずしの体位で、互いの股間が交差したため密着感が高まって、嵌まり込んだ局部のみならず内腿同士も心地よく擦れ合った。

「アア……、こんなの初めてよ……、気持ちいいわ……」

腰を突き動かすと、春美も横向きのまま声を上ずらせて喘ぎ、股間を擦るようにくねらせてきた。

浩司も何度か腰を遣い、また動きを止めて挿入したまま体位を変えた。

今度は春美を仰向けにさせると、彼はようやく正常位まで持っていって身を重ねた。

胸の下で巨乳が押し潰れて心地よく弾み、浩司は股間をしゃくり上げるように突き動かし、亀頭の傘で天井を擦りながら動きを速めていった。

「あう、すごい……、いきそうよ……、もっと……!」

春美も顔を仰け反らせて喘ぎ、下から両手を回して激しくしがみつくと、ズンズンと股間を突き上げてきた。

今度こそ前面を密着させ、浩司は熟れ肌に身を預けながら動き、唇を重ねていった。

「ンン……!」

春美も、彼が挿し入れた舌にチュッと吸い付きながら熱く鼻を鳴らし、白粉臭の熱い息を弾ませた。

浩司は、美熟女の唾液と吐息に酔いしれながら快感を高めていった。

「ね、最後は上になって下さい……」

「いいわ、これだけできるのなら、もう大丈夫ね……」

言うと、春美も承知してくれた。彼は身を起こして、いったんヌルッとペニスを引き離して横になっていった。

彼女も身を起こして浩司の股間に跨がり、自らの愛液にまみれたペニスを膣口に受け入れながら腰を沈めてきた。

「あぁッ……、感じるわ……」

完全に座り込み、奥まで刺激されながら春美が喘いだ。

そして密着した股間をグリグリ擦りながら身を重ねると、彼の肩に腕を回してしっかり抱きすくめ、自分から唇を重ねてきた。

浩司もしがみつき、僅かに両膝を立ててズンズンと股間を突き上げ、何とも心地よい肉襞の摩擦とヌメリを味わった。

「もっと唾を出して、飲みたい……」

言うと、興奮を高めている春美はためらわず懸命に分泌させ、トロトロと注ぎ込んでくれた。

彼は生温かく小泡の多い粘液を味わい、うっとりと喉を潤しながら絶頂を迫らせた。さらに彼女の口に鼻を押しつけ、かぐわしい息を嗅ぎながら突き上げを速めると、

「い、いっちゃう……、気持ちいいわ、もうダメ、アアーッ……！」

たちまち春美が声を震わせ、ガクガクと狂おしい痙攣を開始してオルガスムスに達してしまった。

その艶めかしい収縮に巻き込まれ、続いて浩司も絶頂に達し、溶けてしまいそうな快感とともに、ありったけの熱いザーメンをドクドクと柔肉の奥にほとばしらせた。

「あう、もっと……！」

噴出を感じた春美が呻き、キュッキュッときつく締め上げてきた。

浩司は春美の口に顔中を擦りつけ、悩ましい匂いに包まれながら唾液でヌルヌルにしてもらい、心置きなく最後の一滴まで出し尽くしていった。

満足しながら突き上げを止めて身を投げ出すと、

「ああ、よかったわ。あなたも気持ちよかった……？」

春美も熟れ肌の硬直を解き、グッタリともたれかかりながら囁いた。

「ええ、すごく……」

「そう、最初にしては上出来すぎるわ……」

春美は言い、ヒクヒクと過敏に震えているペニスをキュッときつく締め付けてきた。

浩司は美熟女の重みと温もりを感じ、湿り気ある甘い息を間近に嗅ぎながら、うっとりと余韻を味わった。

そして春美の心の奥を覗き込んでみると、

(もし彼が亜由と結婚したら、今度は母子としてできるわね……)

何とも貪欲に、先々に思いを馳せていたのだった。

春美はまだ浩司の上からどかず、男と違いいつまでも残り火を燃やしながら彼の顔にキスの雨を降らせ、執拗に締め付けていた。

「ねえ、ママって呼んでみて」

「ママ……」

「ああ、可愛いわ。こんな男の子が欲しかったの……」

春美は感極まったように息を弾ませて囁き、なおも彼の鼻の頭をフェラするようにしゃぶってくれた。

生温かな唾液のヌメリと甘い息の匂いに、また浩司自身が内部でムクムクと回復していった。

「まあ、また大きくなってきたわ。もう一回したいの?」

「ええ……」

「でも、私は二回目をしたら今夜横須賀へ帰れなくなっちゃうわ。一度シャワーを浴びて落ち着かせて」

彼女は、自分で浩司に火を点けておきながら、急に恐れをなしたように言って身を起こした。ペニスが引き抜かれると、浩司も仕方なく起き上がって一緒にバスルームに移動した。

そして湯を出してシャワーを浴び、二人で全身を洗い流した。

「すごく硬くなっているわ。お口でいいかしら……」

春美が、ピンピンに勃起しているペニスを見て言った。

「ええ、じゃこうして……」

浩司は狭い洗い場に仰向けになって両膝を立て、女上位のシックスナインで春美にしゃぶってもらった。

そして彼も下から豊満な腰を抱え、新たな愛液が溢れはじめた割れ目を舐め回した。

「アア……、もう舐めないで。集中できなくなるわ……」

春美は言い、尻をくねらせながらなおも亀頭を舐め回し、スポスポと顔を上下させて摩擦してくれた。

「じゃママ、オシッコして……」

「まあ、顔にかかるわ……」

「うん、出るところを下から見ながらいきたい……」

言うと、急に春美も興味を覚えたように、再び亀頭をしゃぶりながら下腹に力を入れ、必死に尿意を高めはじめてくれた。

「ほ、本当に出していいの……？」

出そうになると、春美は口を離して念のために訊いた。

「うん、いっぱい出して。そうしたら僕もいっちゃうから」

答えると、春美はペニスをしゃぶりながら、とうとうチョロチョロと放尿してくれた。

ピンクの肛門がヒクヒクと収縮し、それを見上げながら浩司は温かな流れを口に受け、股間を小刻みに突き上げた。そして、淡い味わいと匂いを嚙み締めながら喉に流し込むと、たちまちオルガスムスに達してしまった。

「く……」

呻きながら勢いよく射精すると、

「ンンッ……!」

喉を直撃され、放尿しながら春美が呻いて、噴出を受け止めてくれた。

流れはすぐに治まってしまったが、浩司は残り香の中で舌を這わせ、余りの雫をすすりながら快感を味わい、最後の一滴まで出し尽くしていった。

ようやく出し切ると、浩司はグッタリと力を抜き、春美も亀頭を含んだまま、口に飛び込んだザーメンをゴクリと飲み干してくれた。

「あう……!」

口腔の締め付けの中で、浩司は駄目押しの快感に呻き、ヒクヒクと幹を震わせた。春美も口を離し、なおも幹をしごいて、尿道口に脹らむ雫を丁寧に舐め取ってくれた。

「ああ……、もういいです。どうもありがとう……」

「何だか、すごい体験だわ……」

春美も身を起こして身体を流しながら、いつまでも荒い呼吸を繰り返したのだった。

第五章　果実と花粉の匂い

1

「おいおい、母乳人妻に初体験の少女の母親だって?」

浩司が月影堂へ行くなり、吾郎が身を乗り出して言った。浩司は、全て体験を官能小説として綴っては、吾郎に送信していたのだ。

「なんて羨ましい展開だ。いや内容ではなく君の体験がだ。母乳妻は、こないだ本を売りに来た人だな」

「そうです」

「やっぱりできたか。それにしても書くのが早い」

「はあ、大学をサボれば、日に五十枚は書けます」

「それなら文庫一冊書くのに一週間で充分だろう。それは、わしの最盛期と同じペースだ」

吾郎は感嘆した。

「あとは五、六章だな。わしの展開なら、五章あたりで3Pを出す」

「ええ、そろそろそんな気配もあります」

「なに、本当か……!」

吾郎が、丸メガネの奥で目を真ん丸にして言った。

「この分じゃ、すぐにも完結しそうだな。完成したら出版社に紹介してやる」

「ありがとうございます。で、ラストですが、オチとか必要でしょうか」

「他のジャンルとは違うのだから、そんなのは要らない。クライマックスは五章で、六章は今まで好きだった人とじっくりやり直して、こんな日々が続くのであった、という締めで充分だ。間違っても、官能小説のラストで、主人公が不幸になるようなことだけはしちゃいかん」

「なるほど、分かりました」

吾郎は礼を言い、月影堂を出た。

今日は、実は辰美のマンションに誘われているのだ。

亜由も来るということだから、希望通り3Pの展開になるかも知れない。

浩司も、昼食後に歯磨きをしてシャワーで念入りに洗ってから出てきた。だから今は、どこを舐められても清潔である。

やがて中央線に乗り、浩司は辰美のマンションへと行った。すぐに彼女が出て迎え入れてくれ、ちょうど亜由も着いたばかりのようだった。

辰美は、いきなり彼と亜由を寝室に招いた。

それぞれの心根を読んでみると、辰美は何しろ可憐な亜由を好きにできるという期待と、浩司との快感、三人での行為への期待に胸を弾ませていた。

亜由の方は、すでに辰美から聞いたらしく、辰美と浩司が関係していたことに少々戸惑いながらも、好きなお姉さんだから許そうという気持ちになり、また女同士でドキドキする展開になる期待と、さらに浩司もいることに好奇心が全開になっているようだった。

とにかく三人ともが、何もためらわず快楽の展開を望んでいるのである。

「じゃ、私と亜由が先に好きにするから、浩司は待って見ていてね」

辰美が言い、亜由を促して一緒に服を脱いでいった。彼はベッドが見える位置に座って壁に寄りかかり、激しく勃起しながらも、まずは見物に回った。

「下着の上からいじることはあったけど、脱ぐのは初めてね」

「ええ……」

「楽しみだわ」

辰美が言い、日頃は明るく天真爛漫な亜由も、激しい羞恥ですっかり言葉少なになっていた。

みるみる二人の白い肌が露わになってゆき、寝室内には二人分の体臭が甘ったるく立ち籠めはじめた。どうやら二人とも、女子大で昼食を終えて、一緒に来たばかりのようだ。

やがて一糸まとわぬ姿になった二人がセミダブルベッドに横になり、すぐにも辰美が唇を重ねて、亜由の乳房を探りはじめた。

「ンン……」

乳首をいじられ、亜由が熱く呻いた。二人の息が混じり合って二人の頬が蠢いているので、どうやら舌もからみ合っているようだ。

（すごい……）

見ながら浩司は、ナマのレズシーンである美女と美少女のカラミに激しい興奮と胸の高鳴りを覚えた。

「ンン……」

辰美も熱く鼻を鳴らし、亜由の口の中を隅々まで舐め回していたようやく女同士の長いディープキスが終わると、クチュッと唇が離れ、そのまま辰美は彼女の耳を舐め、首筋をたどって乳首に吸い付いていった。

「ああッ……」

亜由がか細く喘ぎ、クネクネと身悶えはじめた。次第に、浩司に見られていることも忘れ、美しい辰美の愛撫に身を任せていた。

浩司も激しい興奮に痛いほど股間が突っ張り、いつでも参加できるよう服を脱いでしまった。

そして再び全裸で座り、成り行きを見守った。

辰美は亜由の左右の乳首を含んで舐め回し、さらに初々しい肌を舐め下り、股を開かせて顔を寄せていった。

「ああ、何て綺麗な色……。それに赤ちゃんみたいな匂い……」

辰美は亜由の割れ目に迫って言い、亜由は激しい羞恥に息を詰めて全身を強ばらせていた。

やがて、とうとう辰美は美少女の股間に顔を埋め込んでしまった。

「アア……、ダメ……」

亜由がビクッと反応して喘ぎ、内腿でムッチリと辰美の両頬を挟み付けた。

辰美は若草に鼻を擦りつけて息を籠もらせ、舌を這わせはじめたようだ。舌先がクリトリスに集中したらしく、亜由の顔が仰け反り、呼吸が速くなっていった。
もう我慢できず、全裸の浩司もそろそろとベッドに近づき、腹這いになってい
る辰美の足裏に顔を埋め、指の股に鼻を押しつけて嗅いでしまった。
しかし辰美は、子犬がじゃれつくほどにも気にすることはなく、亜由の賞味に
専念しながら好きにさせてくれた。
浩司は汗と脂に湿ってムレムレの匂いが沁み付く指の股を念入りに嗅ぎ、爪先
にしゃぶり付いていった。
そして両足とも味と匂いを貪ると、彼は辰美の脹ら脛から太腿を舐め上げ、指
で尻の谷間を広げて迫った。
レモンの先のようなピンクの蕾に鼻を埋めると、今日も秘めやかな匂いが籠も
り、嗅ぐたびに鼻腔を悩ましく刺激してきた。
充分に嗅いでから舌を這わせ、ヌルッと潜り込ませて粘膜を味わった。
「ク……」
亜由の割れ目を舐めながら、辰美が小さく呻いてキュッと肛門で舌先を締め付

けてきた。

浩司が舌を出し入れさせるように蠢かせていると、

「ああッ……、も、もうダメ……！」

クリトリスを舐められている亜由が声を上ずらせて、ガクガクと激しく身悶えた。どうやら小さなオルガスムスの波を受け止めているようだ。

そして亜由が力尽きてグッタリとなると、ようやく辰美も顔を引き離し、亜由に添い寝していった。

「ね、浩司。二人のここをいっぱい可愛がって」

辰美が亜由に腕枕して、乳首を含ませながら股を開いて言った。

浩司も、ようやく出番となり、まずは亜由の足指から愛撫した。やはり、ここは嗅いで舐めないとどうにも気がすまないのだ。

亜由の指の股も蒸れた匂いが籠もっていたが、いくら嗅いでしゃぶっても、彼女は余韻の中で、夢中になって辰美の乳首に吸い付いていた。

浩司は亜由の両足をしゃぶり尽くし、ムッチリした健康的な脚を舐め上げた。

先に尻の谷間に迫り、指で広げて可憐なピンクの蕾に鼻を埋めて嗅いだ。

やはり辰美と同じように微香が籠もり、浩司は充分に嗅いでから舌を這わせ、襞を濡らしてヌルッと潜り込ませた。

「う、んん……」

亜由は小さく呻いて肛門を収縮させながらも、辰美の乳首を舐め回して、もう片方にも指を這わせていた。

そして充分に美少女の粘膜を味わってから肛門を離れた浩司は、亜由の割れ目に顔を迫らせていった。

陰唇を広げると、柔肉は清らかな蜜にヌメヌメと潤っていた。このヌメリの何割かは、辰美の唾液かも知れない。

若草に鼻を埋めると、汗とオシッコの匂いが可愛らしく籠もり、浩司は鼻腔を刺激されながら舌を這わせ、淡い酸味の愛液をすすった。

しかし亜由は、辰美からの刺激が残っているのか、拒むように腰をよじった。

浩司は味と匂いを確認しただけで亜由の股間から離れ、ようやく辰美の股間に顔を寄せていった。

張りのある白い内腿を舐め上げ、すでに濡れている割れ目に口を押し付けた。

茂みには、やはり甘ったるい汗の匂いとほのかな残尿臭が入り交じり、悩ましく鼻腔を刺激してきた。

彼は美女の体臭に噎せ返りながら舌を這わせ、大量の愛液を舐め取り、クリトリスに吸い付いた。

「アア……、いい気持ち……」

辰美が仰向けになって喘ぐと、何と亜由が移動し、浩司に顔を寄せ、一緒に辰美の割れ目に迫ってきたのだった。

2

「私のも、こうなってる……？」

亜由が浩司に頬を寄せ、甘酸っぱい果実臭の息を弾ませて囁いてきた。

「うん、クリトリスはこんなに大きくないけど、他は大体同じ」

浩司は答え、辰美の突き立ったクリトリスを舐めた。

「あぁッ……、亜由も舐めて……」

辰美が顔を仰け反らせて喘ぎ、二人分の顔を受け入れて大股開きになった。

浩司が顔を引き離すと、亜由がためらいなく舌を伸ばし、光沢あるクリトリスをチロチロと舐め回した。

「あうう、いい気持ち……！」

辰美は、美少女の可憐な舌に反応し、ヒクヒクと下腹を波打たせた。

浩司は、割れ目を亜由に任せ、張りのある下腹から臍まで舐め上げ、辰美の乳首に迫っていった。

突き立ったピンクの乳首は、うっすらと亜由の唾液の香りがし、彼は吸い付いて舌で転がし、左右とも交互に愛撫した。

そして腋の下にも鼻を埋め、濃厚に甘ったるい汗の匂いを嗅いだ。

すると、辰美が身を起こしてきた。

「もういいわ、亜由。今いくと勿体ないから……」

言うと亜由も、辰美の股間から離れて這い上がってきた。

「じゃ、今度は二人で浩司を食べましょうね」

辰美が言って、真ん中に浩司を仰向けにさせ、辰美と亜由が彼を左右から挟んできた。

そして辰美が彼の左の乳首に吸い付くと、亜由も右側に同じようにした。

「ああ、気持ちいい……」

浩司は、左右の乳首を舐められ、チュッと吸い付かれて喘いだ。二人の熱い息が肌をくすぐり、唾液のヌメリが何とも心地よかった。

「か、噛んで……」

思わず言うと、二人も綺麗な前歯でキュッと乳首を挟み付けてくれた。

「あう、もっと強く……」

浩司は甘美な刺激にクネクネと身悶え、さらに強い愛撫を求めた。

さすがに亜由は控えめに噛み、辰美も渾身の力は込めずにコリコリと刺激してくれた。

さらに辰美が肌を下降すると、少し遅れて亜由も従った。

脇腹や腹も舌と歯で愛撫をし、浩司は本当に美女と美少女に食べられているような快感と興奮を得た。

そして交互に臍を舐め、まだペニスには向かわず二人は左右の脚を舐め下りていった。足裏も厭わずに舐め、二人はほぼ同時に彼の両の爪先にもしゃぶり付いてきた。

「あう……、そんなことしなくても……」

浩司は、すまないような快感に呻いて言った。する分にはよいが、されるとなると申し訳なくて気が引けるのである。

しかし二人は、自分がされたように念入りに全ての指の股に舌を割り込ませてきた。浩司は、温かく清らかな泥濘《ぬかるみ》に嵌まったような感覚で、それぞれの舌を唾液に濡れた指先で挟み付けた。

やがてしゃぶり尽くすと、二人はさらに彼を大股開きにさせ、脚の内側を舐め上げ、内腿にもキュッと歯を食い込ませた。

「アア……、いい……」

浩司は刺激に喘ぎ、辰美が股間に迫って、彼の両脚を浮かせて尻の谷間に舌を這わせてきた。

チロチロと肛門が舐められ、ヌルッと潜り込んだ。

「く……！」

彼は妖しい快感に呻き、肛門で舌を締め付けた。辰美が離れると、すかさず亜由も同じように舐め、肛門に舌を挿し入れてきた。

それぞれの舌は微妙に温もりと蠢きが異なり、どちらも実に心地よかった。ペニスが、内部から刺激されるようにヒクヒクと上下した。

脚が下ろされると、二人は申し合わせたように股間に頬を寄せ合い、陰嚢に舌を這わせてきた。

それぞれの睾丸を舌で転がし、優しく吸ってくれた。股間に二人分の熱い息が混じって籠もり、陰嚢もミックス唾液でヌルヌルにまみれた。

いよいよ辰美の舌先がペニスの裏側をゆっくりと舐め上げ、亜由も側面に舌を這わせてきた。

そして舌先が同時に先端に達し、先に辰美が粘液の滲む尿道口をチロチロと舐め回し、舌を離すとすぐに亜由も同じようにした。

「ああ……、気持ちいい、すごく……」

浩司は夢のような快感に喘ぎ、二人の鼻先で幹を震わせた。

さらに二人は同時に張りつめた亀頭を舐め回し、今度は亜由が先にスッポリと呑み込み、笑窪の浮かぶ頬をすぼめて吸いながらチュパッと引き離した。

すぐに辰美も喉の奥まで含んで強く吸い付き、ゆっくりと引き抜いてスポンと離れた。

それが繰り返されると、もうどちらの口に含まれているかも分からないほどの快感に朦朧となってきた。

口の中の温もりも吸い方も舐め方も微妙に違うのに、それさえも分からなくなり、浩司は急激に絶頂を迫らせてしまった。

「い、いきそう……」

彼が警告を発しても、二人は強烈な愛撫を止めなかった。しかも含んではスポスポと濡れた口で摩擦してくれ、それが交互に繰り返されたのだ。まるで美しい姉妹が、一つのソフトクリームを代わる代わる舐めているようだった。

「い、いっちゃう……、アアッ……！」

彼も下からズンズンと股間を突き上げ、摩擦を強めながら昇り詰めて喘いだ。そのまま快感に貫かれ、熱い大量のザーメンをドクンドクンと勢いよくほとばしらせてしまった。

「ク……、ンン……」

ちょうど亀頭を含んでいた亜由が、喉の奥を直撃されて呻きながらスポンと口を離した。すると、すかさず辰美がしゃぶり付いて、余りのザーメンを全て吸い出してくれた。

亜由も、口に飛び込んだ濃い第一撃を飲み込んでしまったようだ。

「ああ……、いい……」

浩司は快感に身悶え、最後の一滴まで絞り尽くして喘いだ。こんな贅沢な快感は、一生に一度かも知れないと思ったほどだった。

ようやく辰美も飲み干してから口を離し、亜由と一緒に濡れた尿道口を丁寧に舐め回してくれた。

「も、もう勘弁……」

射精直後で過敏になった亀頭をヒクヒク震わせながら、浩司は降参するように言った。

やがて二人も、すっかり綺麗にしてくれてから舌を引っ込めて顔を上げた。

「ね、続けてできるわよね？　どうすれば回復するか言って」

辰美が添い寝しながら囁き、亜由も反対側から身体を密着させてきた。

「キスしたい……」

浩司が余韻の中で息を弾ませながら言うと、二人が同時に顔を寄せ、唇を重ねてきてくれた。美女と美少女の唇が密着し、それぞれの舌が競い合うようにヌルッと彼の口に潜り込んできた。

彼はうっとりと感触を味わい、二人の舌を舐め回した。

右の鼻の穴からは、亜由の甘酸っぱい息が侵入し、反対側には辰美の花粉臭の息が感じられ、内部で混じり合って胸に沁み込んでいった。

それぞれ滑らかに蠢く舌は生温かな唾液に濡れ、浩司は二人分の唾液と吐息を吸収し、急激にムクムクと最大限に回復していった。

「唾を、もっと吐き出して……」

唇を触れ合わせたまま囁くと、辰美がトロトロと注いでくれ、亜由も懸命に分泌させて滴らせてきた。

生温かく小泡の多い二人分の粘液が、口の中で混じり合い、飲み込むと胸いっぱいに甘美な悦びが広がっていった。

「ああ、美味しい……」

「すごいわ。もうこんなに硬く大きく……、ね、亜由、私が先に入れるわ。すぐいきそうだから」

辰美がペニスを確認して言うと、すぐにも彼の股間に跨がってきた。

新たな愛液に濡れた割れ目に先端を押し当て、息を詰めて腰を沈み込ませてきた。たちまち、元の硬さと大きさを取り戻したペニスは、ヌルヌルッと肉襞の摩擦を受け、根元まで呑み込まれていった。

「アアッ……、いいわ……！」

完全に座り込んだ辰美が喘ぎ、彼の胸に両手を突っ張りながら、上体を反らせて腰を動かしはじめた。

そんな様子を、亜由が横からじっと見守っていた。

浩司も射精したばかりだから暴発の心配は無く、下からもズンズンと股間を突き上げはじめていった。

3

「い、いっちゃう、すごいわ……、ああーッ……！」

いくらも動かないうち、辰美は大量の愛液を漏らしながら身をよじり、声を上げてオルガスムスに達してしまった。

浩司も膣内の収縮を受けながら快感を味わい、辛うじて射精しないままやり過ごすことができた。

「アア……！」

辰美が力尽きたように、ガックリともたれかかってきた。

浩司も抱き留め、彼女の余韻が済むのを待ち、内部でヒクヒクと硬いままのペニスを上下させた。

「ヒッ……、ダメ、感じすぎるわ……！」

辰美は息を呑み、それ以上の刺激を拒むように股間を引き離し、ゴロリと横になっていった。

浩司は亜由の手を取り、同じように跨がせた。すると彼女も素直に割れ目をあてがい、辰美の愛液にまみれたペニスをヌルヌルッと滑らかに根元まで受け入れていったのだった。

「あぁッ……！」

亜由は深々と貫かれ、キュッときつく締め付けながら熱く喘いだ。何しろ初回から浩司の絶頂を感じ取ったものだから、もう挿入への恐れもなく痛みも少ないようだった。

浩司も、辰美とは温もりも感触も微妙に違う柔肉に包まれて快感を噛み締め、両手を伸ばして美少女を抱き寄せた。

亜由が身を重ねると、浩司は顔を上げてピンクの乳首を含んで吸い、左右とも充分に舌で転がしてから、汗ばんだ腋の下にも鼻を埋め込んでいった。

可愛らしい汗の匂いが籠もり、甘ったるく彼の鼻腔を刺激してきた。

そして彼は小刻みに股間を突き上げ、肉襞の摩擦を味わいながら、亜由の首筋を舐め上げ、唇を求めていった。

甘酸っぱい息が可愛い口から洩れ、舌をからめると彼女もチロチロと蠢かせてくれた。

浩司が美少女の唾液と吐息に高まりながら突き上げを強めていくと、余韻に浸っていた辰美も横から身体を密着させ、割り込むように唇を重ねてきた。

彼は、また二人分の混じり合った息の匂いと唾液を貪りながら激しく高まっていった。

「顔じゅうヌルヌルにして……」

そう言って二人の口に顔を擦りつけると、亜由も辰美も大胆にヌラヌラと舌を這わせ、顔中を生温かな唾液にまみれさせてくれた。

「ああ、気持ちいい……」

亜由の果実臭の吐息と、辰美の花粉臭の刺激が鼻腔でミックスされ、何とも贅沢な快感に浩司は喘いだ。

そして突き上げを強めると、亜由も大量の愛液を漏らして応えた。

「ああン、いい気持ち……」

また彼の快感が流れ込んだか、亜由が熱く喘いで腰を遣いはじめた。

「噛んで……」

絶頂を迫らせながら口走ると、亜由と辰美が彼の左右の頬に綺麗な歯をキュッと食い込ませてくれた。そして咀嚼《そしやく》されるようにモグモグされると、その刺激と唾液のヌメリ、二人分の息の匂いに浩司もたちまち激しいオルガスムスに達してしまった。

「い、いく……!」

彼は喘ぎ、ありったけの熱いザーメンをドクドクと亜由の内部にほとばしらせると、

「あ、熱いわ……、気持ちいい、アアーッ……!」

噴出を受け止めた彼女も声を上ずらせ、ガクンガクンと狂おしく全身を痙攣させ、膣内を収縮させた。どうやら、前より大きな快感が得られたようだ。

浩司は心ゆくまで夢のような快感を貪り、最後の一滴まで亜由の中に絞り尽くしていった。

そして動きを止めて力を抜くと、亜由もグッタリともたれかかってきた。

二人の快感が、辰美にも流れ込んだように、彼女もヒクヒクと身を震わせ、三人で肌をくっつけながら荒い呼吸を混じらせた。

亜由の膣内がいつまでもキュッキュッと締まり、ペニスがヒクヒクと過敏に反応して震えた。

そして浩司は、二人分のかぐわしい息を嗅ぎながら、うっとりと余韻を味わったのだった……。

——三人はバスルームに行き、シャワーの湯で全身を洗い流した。

もちろんバスルームとなると浩司はまた求めてしまった。まして美女と美少女の二人がいるのだから無理もない。

「ねえ、こうして……」

浩二は床に座り、二人を左右に立たせて肩を跨がせ、顔に向けて股間を突き出してもらった。

「オシッコ出して」

「いいの？　二人分だと溺れるかも知れないわ」

辰美が答え、すぐにも下腹に力を入れて尿意を高めはじめてくれた。二人とも前に経験しているので、さして抵抗はないようだった。

亜由も息を詰め、懸命に後《おく》れを取るまいと力みはじめた。

浩司は左右の割れ目に口を付けて舐めたが、やはり残念ながら生々しい体臭は薄れ、それでも二人とも新たな愛液を漏らしてきた。

「アア……、出るわ……」

辰美が先に言い、柔肉を蠢かせた。舌を這わせると、すぐにもチョロチョロと温かなものがほとばしってきた。

すると反対側の肩に、ポタポタと亜由の漏らす雫がかかり、これもすぐにか細い流れとなって肌に注がれてきた。

浩司はそちらにも顔を向け、可愛らしい流れを口に受けて飲み込んだ。

二人とも匂いは淡いが、二人分となると馥郁と鼻腔を刺激してきた。

肌を伝い流れるオシッコが、すっかり回復したペニスを温かく浸し、やがて二人とも流れを治め、浩司はそれぞれの割れ目を舐め回し、とことん余りの雫と残り香を貪った。

「ああ……、何だか、こんなことが普通に思えてきたわ……」

放尿を終えた辰美が言い、亜由もプルンと下腹を震わせて溜息をついた。

やがて三人は、もう一度全身を洗い流してからバスルームを出た。

身体を拭いて、全裸のまま三人でベッドに戻ると、すぐにも辰美が身を寄せてきた。

「ね、今度は私の中でいって……」

言われて、浩司は再び仰向けになると、また辰美と亜由が顔を寄せ合い、回復したペニスをしゃぶってくれた。

浩司も最大限に勃起し、三度目だがすぐにも射精したいほど高まってきた。

やはり相手が二人だと、快復力も倍になるようだ。

たちまちペニスはミックス唾液にまみれてヒクヒク震え、辰美が待ちきれないように跨がり、ヌルヌルッと一気に受け入れていった。

「アアッ……、いいわ、すごく硬い……」

辰美が完全に座り込み、密着した股間を擦りつけながら喘いだ。

浩司も、肉襞の摩擦と締め付けに高まり、両手を伸ばして彼女を抱き寄せ、もちろん添い寝してきた亜由も抱きすくめた。

「また顔をヌルヌルにして……」

言うと、辰美と亜由は彼の顔に舌を這わせ、吐き出した唾液をヌラヌラと塗り付けてくれた。

辰美は腰を遣い、大量の愛液を漏らしながら動きを速めていった。

「ああ、気持ちいい……」

浩司は唾液にまみれ、二人の口の匂いと舌の感触に絶頂を迫らせた。

「アア……、いく……！」

すると辰美も急激に昇り詰め、声を上ずらせながらガクガクとオルガスムスの痙攣を開始したのだった。

浩司も絶頂に達し、二人の顔を抱き寄せて同時に舌をからめながら、大きな快感の中で勢いよく射精した。

「あう、もっと……！」

噴出を受け止めた辰美がせがみ、激しく股間を擦りつけてきた。

浩司は美女と美少女の唾液と吐息を味わい、心置きなく最後の一滴まで出し尽くしていった。

「ああ……、すごかったわ、死にそう……」

辰美が言い、力尽きたように硬直を解き、グッタリと体重を預けてきた。

浩司も突き上げを止めて重みを受け止め、二人分の温もりに包まれながら、うっとりと余韻に浸り込んでいったのだった。

4

「おい、てめえ気に入らねえな」

その日の講義を終えた廊下で、純也が浩司をつかまえて言った。

自分にちっとも彼女ができず、浩司ばかりもてはやされるのですっかり腐っているようだ。

「いえ、僕は西川さんに感謝してます」

「そりゃそうだ。合コンに誘ってやったんだからな。思えば、それが間違いだったようだが」

純也が言う。何となく彼も、それが浩司の全ての女性運のきっかけだと感じているのだろう。

「とにかく、お前をブン殴りたい」

「それは困ります。それより、女子トイレに忍び込むのはよした方がいいですよ」

「なに……」

言われて、純也は目を真ん丸にさせた。

図星を指されると、すぐ顔に出る正直で小心な男なのだ。ついでに浩司は、彼が女子トイレから出てくるところを携帯画像に撮ったことも、念じて彼の心に流し込んでやった。

「て、てめえ……、まさか……」

ネットに流されるんじゃないかと心配になったようで、彼は声を震わせた。

「ポケットに、使用済みのおりものシートも入っているでしょう」

「な、なんで知ってる……!」

「そうした趣味は、僕にはよおく分かります。捨ててあるものを拾うのも罪じゃないです。でも女子トイレに勝手に入るのは、見つかったら大変だから気をつけて下さいね」

「……」

「そのうちきっと、西川さんを好きだという女性が現れますよ。もちろん女子トイレのことは誰にも言いませんから」

「わ、分かった。気をつけるよ。ありがとう……」

純也は、すっかり毒気を抜かれて言い、やがて立ち去ってしまった。

それを見送り、浩司は研究室の由希子を訪ねた。

今日は学生は誰もおらず、奥の部屋には由希子一人だった。

「まあ……」

「すみません。お邪魔します」

浩司は、彼を見た由希子の目に悦びと期待の色を感じ取りながら言った。

それでも由希子は、表面上は素っ気ない態度を取った。

「レポートのことはすんだのだから、もう用はないでしょう」

「いえ、会いたくて来ちゃいました。メアドを教えたのに、全然お誘いがないものだから」

「だって……」

由希子は、レンズの奥の目を動揺させながら言いよどんだ。

学内で淫らなことはいけないという気持ちと、どうにも我慢できない淫気の間で揺れ、一緒に行動するにしても誰かに見られるのではないかという不安があり、それもまたもどかしいのだろう。

浩司は構わず彼女に迫り、顔を寄せてピッタリと唇を重ねてしまった。

「ウ……！」

由希子は眉をひそめて呻いたが、突き放すようなことはしなかった。

柔らかな感触と唾液の湿り気が密着し、熱い息が弾んだ。舌を挿し入れて滑らかな歯並びを舐めると、由希子も怖ず怖ずと歯を開いて受け入れ、ヌラリと舌を触れ合わせてくれた。

浩司はメガネ美女の唾液と吐息を貪りながら、ブラウスの胸を揉むと、

「ンンッ……！」

由希子が熱く鼻を鳴らし、反射的にチュッと強く彼の舌に吸い付いてきた。

さらにモミモミと膨らみを探ると、

「ああッ……」

由希子が苦しげに口を離し、淫らに唾液の糸を引きながら喘いだ。

開いた口に鼻を押し込んで嗅ぐと、花粉臭の甘い息に混じり、うっすらと刺激的なガーリック臭が混じっていた。心の中を読むと、昼食にペペロンチーノを食べ、そのあとケアしていないことを気にしていた。

「いい匂い。こんな綺麗な人の息が刺激的だと興奮します」

「あッ……」

嗅ぎながら言うと、由希子が声を洩らしてビクッと顔を引き離した。

構わず浩司は抱き寄せたまま、スカートの中にも手を差し入れた。

「ダメよ、離れて……」

由希子が息を震わせて言い、懸命に両手で突っ張ろうとするが、浩司はしがみついたままソファへ移動し、下着をずらして割れ目に指を這わせた。

「すごく濡れてます。先生も求めているんですね」

浩司は言い、実際ヌラヌラと蜜の溢れている膣口を探り、濡れた指の腹でクリトリスをいじった。

「アア……、ダメ……!」

由希子も本格的に感じてクネクネと身悶え、否応なく熱くかぐわしい息を弾ませた。

「ねえ、脱いで」

「無理よ。こんなところで……」

言うと、由希子も淫気を高めながら熱っぽい眼差しで答えた。

「誰も来ないよ。じゃ、こうして」

浩司は構わず床に仰向けになり、由希子の足首を摑んで顔に跨がらせた。

「トイレみたいに下着を下ろしてしゃがんで。そうしたら、誰か足音がしても立ってすぐ直せるでしょう」

真下からスカートの中を見上げて言いながら、言いなりになるよう強く念じると、由希子も自ら裾をまくり上げた。

そして下着ごとパンストを膝まで下ろすと、和式トイレスタイルでしゃがみ込んできた。

生ぬるい風とともに、脚がM字になって、丸見えの股間が一気に彼の鼻先までズームアップしてきた。

「ああ……、恥ずかしい……、私どうしてこんなことを……」

彼女は羞恥に声を震わせながらも、彼の顔の左右で懸命に両足を踏ん張った。

浩司は真下からの割れ目の眺めに目を凝らし、顔を包む熱気と湿り気に激しく勃起した。

陰唇が僅かに開き、愛液に濡れて息づく膣口と、光沢を放って突き立つクリトリスが覗いていた。

腰を抱き寄せ、茂みに鼻を埋め込んで嗅ぐと、汗とオシッコの匂いが悩ましく鼻腔を刺激してきた。浩司は何度も吸い込んで胸を満たし、柔肉に舌を這わせていった。

「アアッ……、ダメよ、力が抜けちゃう……」

クリトリスを舐められ、由希子がガクガクと膝を震わせながら喘いだ。

彼は味と匂いを貪ってから、白く丸い尻の真下に潜り込み、顔にひんやりした双丘を受け止めながら、谷間の蕾に鼻を埋め込んで嗅いだ。

今日も、秘めやかな微香が籠もって鼻腔を刺激し、浩司は充分に嗅いでから舌を這わせて襞を濡らし、ヌルッと潜り込ませて粘膜を味わった。

「く……」

由希子が息を詰めて呻き、キュッと肛門で舌先を締め付けてきた。

舌を出し入れするように動かすと、割れ目から糸を引いて滴った愛液が彼の鼻先を生温かく濡らした。

浩司は舌を引き抜き、大量のヌメリをすすって再びクリトリスに吸い付いていった。

「も、もう止めて……、ここでは落ち着かないわ。他へ行けば、どんなことでも言うことをきくから……」

由希子が哀願するように言い、ようやく浩司も舌を引っ込めた。確かに彼も、ここはここでスリルがあってよいが、いつ誰が来るかも分からない場所よりも、やはり心置きなくできる密室へ行きたかった。

「分かりました。移動しましょう」

真下から浩司が言うと、由希子はほっとしたようにそろそろと立ち上がり、濡れた割れ目のまま下着を整えパンストを引き上げた。

女性とは、トイレのあとにこのように身繕うのかと下から見ながら、ようやく浩司も起き上がった。

「その前に、ちょっとだけここで」

浩司は言い、由希子をソファに座らせ、その前を跨いで立て膝を突き、ズボンと下着を下ろした。

「ダメよ、ここでは……」

由希子が言いながらも、激しく勃起したペニスを鼻先に突きつけると、素直に先端を含み、熱い鼻息で恥毛をそよがせながら吸い付いてくれた。

口の中ではクチュクチュと舌がからみつき、たちまち亀頭は生温かな唾液にまみれて震えた。

「ああ、気持ちいい……」

浩司は快感に喘ぎ、さらに喉の奥まで押し込んで温もりを味わい、このまま一回出して飲んでもらいたくなった。

「ク……、もうやめて……」

しかし由希子が苦しげに口を離して言うので、浩司も大人しく腰を引いてズボンを上げ、移動することにしたのだった。

5

「じゃ、ここに入りましょう」

一緒に新宿まで出ると、浩司は由希子を歌舞伎町のラブホテルに誘い込んだ。

由希子は、こうした場所は初めてらしく、かなり緊張していたが、研究室で下地は出来ているので、すっかり淫気も高まっているようだった。

浩司は密室に入り、すぐにも服を脱いでいった。

由希子も、何でもすると言った手前、自分からもモジモジと脱いで、メガネだけ外さずに、たちまち一糸まとわぬ姿になっていった。

「シャワーと歯磨きをしたいけれど、ダメ……?」

「ダメです。もう舐めてしまったし匂いを覚えちゃったから同じことでしょう。じゃこっちへ来て」

浩司がベッドに仰向けになって言うと、由希子も恐る恐る近づいてきた。

「ここに立って」

彼は顔の横を指して言い、由希子はそろそろとベッドに上がって立った。

「僕の顔に足を乗せて」

「そ、そんなこと……」

言うと、由希子は文字通り尻込みしたが、浩司は彼女の足首を摑んで顔に引き寄せた。

「ああ、人の顔を踏むなんて……、あん……」

由希子は声を震わせてためらったが、浩司が強引に足裏を顔に乗せさせると、彼女はフラつきながら壁に手を突いて身体を支えた。

生温かな足裏の感触と重みを陶然と受け止め、彼は舌を這わせ、指の股に鼻を割り込ませて嗅いだ。

「もっと強く踏んで……」

足首を摑んで押し付けると、彼女は懸命に強く踏まないよう足に力を入れた。

充分に蒸れた匂いを嗅いでから、彼は爪先にしゃぶり付いて、汗と脂の湿り気を貪った。

「アア……」

由希子がガクガクと膝を震わせて喘ぎ、浩司は足を交代させ、そちらも念入りに味と匂いを吸収した。

やがて顔を跨がせ、再びしゃがみ込ませた。研究室では着衣の状態から、トイレのように下着を下ろしたが、今は全裸なので羞恥も増しているようだ。

内腿がムッチリと張り詰め、股間が彼の鼻先に迫った。

大学にいる頃から濡れていたので、今はさらに割れ目がヌルヌルと潤い、内腿にまで伝い流れていた。

「オマ××舐めてって言って、自分から押し付けて」

「い、言えないわ……」

「何でもすると言ったでしょう。それに、こんなに濡れているんだから」

言うと、由希子は息を震わせ、それに合わせて陰唇から覗く柔肉もヒクヒクと収縮させた。

「オ……、オマ××舐めて……、アアッ……!」

彼女は小さく言い、キュッと股間を彼の顔に密着させてきた。

浩司は茂みに籠もる汗とオシッコの匂いを貪りながら、舌を這わせていった。

淡い酸味のヌメリが、研究室の時より多く溢れて舌の動きを滑らかにさせ、彼は息づく膣口の襞を掻き回し、ゆっくりと柔肉をたどってクリトリスまで舐め上げていった。

「あう……!」

由希子が息を詰めて呻き、肌を強ばらせた。

浩司はチロチロとクリトリスを舐めて刺激しては、滴るほどに溢れた愛液をすすり、さらに尻の真下に潜り込んだ。さっき舐めたが、あらためて鼻を押しつけて微香を嗅ぎ、舌を這わせてヌルッと挿し入れた。

「く……、ダメ……」

由希子がモグモグと肛門で舌先を締め付けながら呻いた。

やがてメガネ美女の前も後ろも味と匂いを堪能すると、浩司は舌を引っ込め、彼女の顔をペニスに押しやった。

すると由希子も、されるよりする方が気が楽なのだろう。彼の股間に陣取って屈み込むと、すぐに張りつめた亀頭にしゃぶり付いてきた。

粘液の滲む尿道口を舐め回し、そのままスッポリと深く呑み込んだ。

「ああ……」

受け身になった浩司は快感に喘ぎながら、股間を上げて先端で喉の奥をヌルッと突いた。

「ウ……」

由希子は呟き込みそうになって呻き、さらにたっぷりと唾液を分泌させてペニスを浸した。そして苦しげに口を離すと、今度は陰嚢を舐め回し、睾丸を転がしてくれた。さらに浩司が自ら両脚を浮かせて抱えると、厭わず肛門にも舌を這わせ、ヌルッと潜り込ませてきた。

「ああ、いい気持ち……」

彼は喘ぎ、美女の舌を肛門で締め付けた。

「じゃ、上から跨いで入れて」

やがて由希子が舌を引き抜くと彼は言い、彼女もすぐに身を起こして前進し、跨がってきた。

幹に指を添えて先端を濡れた割れ目に押し当て、彼女が息を詰めてゆっくり腰を沈み込ませると、屹立したペニスはヌルヌルッと滑らかに根元まで呑み込まれていった。

「アアッ……！」

由希子がビクッと顔を仰け反らせて喘ぎ、キュッときつく締め付けてきた。やはり研究室と違い、誰も来ない密室なので快感の高まりも早いようだ。

浩司も肉襞の摩擦と温もりを味わいながら、両手を伸ばして彼女を抱き寄せ、顔を上げて乳首に吸い付いた。舌で転がしながら柔らかな膨らみに顔中を押し付け、左右の乳首を味わうと、腋の下にも鼻を埋め込んでいった。

生ぬるく甘ったるい汗の匂いが鼻腔を刺激し、胸に沁み込むと、さらにペニスが内部でヒクヒクと反応した。

しがみつきながらズンズンと股間を突き動かすと、何とも心地よい感触が幹を擦り、溢れた愛液が陰嚢から肛門の方にまで伝い流れてきた。

「あう……、ダメ、すぐいきそう……」

由希子も快感に呻いて口走り、突き上げに合わせて腰を遣いはじめた。

彼は次第にリズミカルに動きながら、首筋を舐め上げて由希子の唇に迫った。

熱く喘ぐ口からは、湿り気ある花粉臭の息に、ほのかな昼食の名残が混じって悩ましく鼻腔を刺激してきた。

「もっと息を吐きかけて」

「い、嫌よ……」

「いい匂いでしょって言って」

「絶対に、いい匂いじゃないはずよ……」

「うん、こんな綺麗な人が刺激的な匂いをさせているので嬉しい」

「アアッ……」

言うと由希子は激しい羞恥に喘ぎ、キュッキュッと膣内を収縮させて新たな愛液を漏らした。

浩司は鼻を押し込んで執拗に美女の息を嗅ぎ、動きを速めていった。

由希子も懸命に息を堪えていたが、やがて苦しくなって、さらに強く呼吸することになった。

浩司は唇を重ねて舌をからめ、生温かな唾液を貪った。

「ね、顔にペッて唾を吐きかけて」

「そんなことできないわ……」

「してくれないと、いつまでも終わらないから」

浩司が言って突き上げを弱めると、由希子が激しく腰を動かして求めてきた。

そして、とうとう弱めにペッと吐きかけてくれた。かぐわしい息とともに唾液の飛沫が鼻筋を濡らし、浩司も高まった。

「ああ、いきそう、もっと強く……」

浩司がせがむと、由希子も膣内のペニスがさらに硬くなったことに気づいたか、さらに強めに吐きかけてきた。

「ああ、気持ちいい。まさかこんな綺麗で淑やかな先生が、こんなはしたないことするなんて」

「アアッ、言わないで……！」

由希子が朦朧となって言い、膣内の収縮を活発にさせた。

もう我慢できず、浩司はそのまま大きな絶頂の快感に包まれ、勢いよく射精してしまった。

「あう、感じるわ。いく……、ああーッ……！」

熱い噴出を奥深い部分に感じると、たちまち由希子もオルガスムスに達し、声を上ずらせながらガクガクと狂おしく痙攣した。

浩司は快感の中で最後の一滴まで出し尽くし、満足しながら徐々に突き上げを弱めて言った。

「アア……」

由希子は声を洩らして力尽き、グッタリと彼に体重を預けてもたれかかった。

浩司は膣内の収縮にヒクヒクと反応し、メガネ美女の重みと温もりを受け止めた。そして熱く湿り気ある息を嗅ぎながら、うっとりと快感の余韻に浸り込んでいったのだった……。

第六章　アイドルの萌える若草

1

「やっぱり3Pをしたかあ。大したもんだなあ……」

月影堂を訪ねると吾郎が言い、浩司に茶を注いでくれた。すでに吾郎には、五章までを送信してあり、彼は全て読んでくれたようだ。

「いよいよ残りは六章だけか。あとは、今までの女性たちのおさらいといった感じで、濡れ場のテンションを落とさなければそれでいい」

「はい」

「実は、もう前半を編集に見てもらって、文庫化の話が進んでるんだ」

「本当ですか！」

「ああ、新人を探しているからね、有望なのですぐにも本にするらしい」

「ありがとうございます。嬉しいです」

浩司は顔を輝かせ、深々と頭を下げて言った。

「うん、だから気を抜かずに終章にかかるんだ」

「はい。あの、最終章でいきなり新たな女性を登場させても大丈夫でしょうか」

「なに、また誰かと知り合えそうなのか」

「いえ、そういうわけじゃないのですが、なんか予感がして」

「ああ、ミステリーなんかと違って、終盤で新たな登場人物というのも官能なら有りだ。むしろ、すでに抱いた女性より新鮮でいい」

「分かりました。では頑張って仕上げますので」

浩司は言い、辞儀をして月影堂を出た。

そのまま新宿に出て、浩司はアルタで行われているアイドルのサイン会へと行った。

ここのところ、女体を知るごとに特殊能力が強くなっている気がするので、あるいは近づいただけで相手の心根が操作できるかも知れず、それを実験することにしたのである。

何しろ純也の場合のように、体液をもらった記憶が無くても心を読めたり、自分の念を押し付けることもできたのだから、同じ部屋にいるだけで効果があるかも知れない。

アイドルは、この春に高校を出た十八歳。歌手デビューして主演映画も撮り終えたばかりの、秋葉明日香《あきばあすか》である。

黒髪ロングで清楚なお嬢様といった感じで、笑顔より物憂い表情が似合い、キャピキャピしておらず役柄も薄幸で淑やかな美少女だった。

浩司は何度か週刊誌のグラビアでオナニーし、出来れば実物を味わってみたいと願ったのである。

もちろんサイン会場に行っても、券がない浩司は中には入れないが、遠くから明日香の姿を見ることだけはできた。

浩司は強い念を送り、同時に彼女の心根を読もうと努めた。

と、順々にサインをしている明日香が、顔を上げてこちらを見た。しかし手前に大勢が行列しているので、浩司には気づかないようだ。

それでも心根はおぼろげに読み取ることができた。

(これが終われば、明日の朝まで自由だわ。何をして過ごそうかしら……)

明日香はそう思っていて、忙しくて溜まったストレス解消を願っているようだった。

やがて列がどんどん減ってゆき、それでも名残惜しげに会場の入り口には多くのファンが残っていた。

そして最後の一人が終わると、スタッフが明日香を控え室へ誘おうとした。

浩司は言葉ではなく、僕と会えば必ずいいことがあるという強い念の固まりを放射し続けていた。

果たして、明日香は立ち上がったとき彼の方を振り返り、ようやく視線がからみ合った。

(誰……?)

(君の大ファンの超能力者。あとで、こっそり二人きりで会えないかな。四季の路の入り口で待ってる)

(心の中で話せるのね。分かったわ……)

明日香は言い、すっかり浩司の送りつける幸運のオーラを感じ取って頷き、すぐに控え室へと入っていった。

浩司はアルタを出て、靖国通り沿いに進んだ。そして区役所通りと交差するあたりに、脇にそれる遊歩道があるのだ。

それが四季の路で、元は都電の線路だった狭い道である。

そこで浩司が待っていると、やがて地味な私服に帽子とサングラスを掛けた明日香が来てくれた。

「わあ、嬉しいよ。僕は浩司」

「ええ、浩司さん。私、今日はもう一人で自由なんです」

浩司が言いながら名前の漢字を念じて送ると、明日香もすぐ理解して答えた。

「超能力って、テレパシーのこと？」

「うん、相性のいい人だけ心が通じるんだ。とにかく行こう」

浩司は促し、四季の路を進んでいった。

そこは車も通らず、やがて進むと右側はゴールデン街。そして路を抜けると、すぐにラブホテル街があった。

「ここへ入るの？」

「うん、普通のお店だと君の顔を知られてしまうからね」

浩司が言うと、明日香も疑うことなく従った。

心の中を読んでみたが、特に芸能界で無理やり誰かにセックスを強要されたというような経験はなかった。

それでも処女ではなく、高校時代に一人だけ、東北の地元で一級上の先輩と付き合い、何度かセックスしていたようだ。

その男とも綺麗に別れて三年生で上京して芸能人の多い高校に転校し、この春に卒業してからは芸能活動に専念しているのだろう。

浩司は、さすがにグラビアやテレビでしか会えない明日香と密室に入って、激しく胸を高鳴らせていた。

明日香は帽子とサングラスを取り、いつもの可憐で愛くるしい素顔を見せてくれた。

やはり、全裸になってセックスすればみな同じ、という感覚にはならない。常に、目の前にいる女性が最高であり、心底から愛でなければ罰が当たると思っていた。

「ね、とにかく脱ごう。あとは、心の中で会話すればいいから」

「ええ、その前にシャワーを浴びたいわ」

「ううん、世の中の誰も知らない明日香ちゃんのナマの匂いを知りたいので、今のままで構わないから」

もちろん浩司は彼女を押しとどめて言った。

「でも、アイドルって案外匂うのよ。寝る時間も少ないし、不規則に食事して歯も磨けず、鏡を見て手早くケアするだけ。お風呂もゆうべ入ったきりで、今朝からあちこち動き回っているし」

「うん、その方がいい。僕はちゃんと綺麗にして出て来たからね」

浩司は言い、彼女に淫気の念を送りながら服を脱ぎはじめた。

明日香も、すっかり彼に魅せられたのか、快楽への期待に燃えたように脱ぎはじめてくれた。

やがて互いに全裸になり明日香をベッドに仰向けにさせると、今までせいぜい水着までしか見られなかった肢体が余すところなく、手の届くところに露わになった。

顔立ちは幼げだが鼻筋が通って整い、全体にほっそりしているがオッパイは形よく膨らみ、ムチムチと健康的な脚もスラリと長かった。

股間の若草も、ほんのひとつまみほど、恥ずかしげに煙っているだけだった。

水着より、セーラー服か、体操服とブルマー姿にさせたい感じである。

そして彼女が自分で言っていた通り、全裸になると甘ったるい汗の匂いが可愛らしく漂ってきていた。

明日香は神妙に身を投げ出しながら長い睫毛を伏せ、さすがに初対面の男に触れられようというのだし、エッチも数年ぶりだから微かに緊張と期待に呼吸が震えていた。

浩司は顔を寄せ、まずは明日香の足裏に顔を押し付け、踵から土踏まずを舐め上げて、形よい指の股に鼻を割り込ませて嗅いだ。

彼女も、そこから触れられたことに驚いたか、小さくピクンと足を震わせた。

指の股は汗と脂にジットリ湿り、生ぬるくムレムレの匂いが濃厚に沁み付いていた。

明日香の可憐な足が、こんなに蒸れた匂いをさせているなど、ファンの誰も信じないだろう。

浩司は念入りに嗅いでから爪先にしゃぶり付き、綺麗な桜色の爪の先を軽く噛み、全ての指の間に順々に舌を挿し入れて味わった。

「あう……」

明日香が呻き、彼の口の中でキュッと舌を締め付けてきた。

浩司は味わい尽くし、もう片方の足指の間も味と匂いを貪った。そして彼女を俯せにさせ、踵から脹ら脛を舐め上げていった。

ヒカガミを舐めると、くすぐったいようで明日香がクネクネと尻を震わせた。

きめ細かく、白くムッチリとした太腿に頬ずりし、スベスベの感触と弾力を味わってから舌を這わせ、尻の丸みをたどっていった。

そして腰から滑らかな背中を舐めると、うっすらと汗の味がし、ブラの痕も実に艶めかしかった。

肩まで行くと、しなやかな長い髪に顔を埋めて甘い匂いを嗅ぎ、耳の裏側の汗ばんだ匂いも貪って舌を這わせてから、再び背中を舐め下りていった。

俯せのまま股を開かせて腹這い、尻に迫って指で谷間を広げると、薄桃色の蕾がひっそりと可憐に閉じられていた。

2

「あう……、恥ずかしいわ……」

明日香が小さく言い、可愛い尻をプルンと震わせた。

襞が揃って汚れはないが、鼻を埋めて嗅ぐと生々しい匂いが沁み付いて悩ましく鼻腔を刺激してきた。

この匂いも、ファンは誰も想像がつかないに違いない。

恐らく営業であちこち回りながら、洗浄機のないトイレで大の用を足すこともあるのだろう。

浩司は鼻を押しつけて貪るように美少女アイドルの肛門の匂いを嗅ぎ、やがてチロチロと舌を這わせていった。

充分に濡らしてから、ヌルッと潜り込ませて滑らかな粘膜を味わうと、

「く……!」

明日香が顔を伏せたまま小さく呻き、侵入した舌先をキュッと肛門で締め付けてきた。

心の中を読むと、

(足の指とか、お尻の穴なんか舐められるの初めて……。恥ずかしいけど、でもいい気持ち……)

明日香はそう思い、初めての感覚を新鮮に受け止めてくれていた。

まあ田舎に住んでいる高校時代の一年先輩など、足指や肛門など舐めたりせずフェラと挿入しか興味が無いだろうから無理もない。

舌を出し入れさせるようにクチュクチュ蠢かせてから、ようやく浩司は顔を上げ、再び明日香を仰向けにさせた。

片方の脚をくぐって大股開きにさせ、白い内腿を舐め上げながら股間に顔を迫

らせた。

見ると、亜由によく似た初々しい割れ目から、ピンクの花びらが縦長のハート型にはみ出し、ヌラヌラと清らかな蜜に潤っていた。

そっと指を当てて左右に広げると、花弁状に襞の入り組む膣口が息づき、小さな尿道口が見え、包皮の下から光沢あるクリトリスが顔を覗かせていた。

(これが、超アイドルの割れ目なんだ……!)

浩司は感激と興奮に目を凝らし、じっくり瞼に焼き付けてから顔を埋めた。

柔らかな若草に鼻を擦りつけて嗅ぐと、甘ったるい汗の匂いとほのかな残尿臭の刺激、それに恥垢のチーズ臭に愛液の生臭い成分などがミックスされ、鼻腔を悩ましく掻き回してきた。

「ああ……、嫌な匂いしない……?」

あまりに彼がクンクンと鼻を鳴らして嗅ぐので、明日香は気になったように言った。

「うん、とってもいい匂い」

浩司は答え、ようやく舌を這わせていった。

やはりヌメリは淡い酸味を含んでヌラヌラと舌の動きを滑らかにさせ、彼は膣口の襞を舐め回し、ゆっくりとクリトリスまでたどっていった。

「あん……、いい気持ち……」

明日香が正直に言ってビクッと顔を仰け反らせ、滑らかな内腿でキュッと彼の両頬を挟み付けてきた。

チロチロと弾くようにクリトリスを舐めながら目を上げると、白い下腹がヒクヒクと波打ち、形よいオッパイの間から、グラビアで見慣れた明日香が気持ちよさそうに喘いでいた。

「ね、いきそう……」

明日香が、すっかり高まって言った。

「入れていい?」

「ええ……」

彼女が答えると、浩司も股間から顔を上げて腰を進めていった。

浩司は緊張に息を弾ませながら、幹に指を添えて先端を割れ目に擦りつけ、愛液のヌメリを与えてから膣口に挿入していった。張りつめた亀頭が潜り込むと、あとはヌルヌルッと滑らかに根元まで吸い込まれた。

「アアッ……!」

明日香が顔を仰け反らせて喘ぎ、温かく濡れた膣内でキュッときつくペニスを締め付けてきた。浩司も肉襞の摩擦に高まり、深々と貫いて股間を密着させ、身を重ねていった。

アイドルの体の中の感触と温もりを味わいながらまだ動かず、浩司は屈み込んで張りのあるオッパイに顔を押し付け、ピンクの乳首に吸い付いて舌で転がした。

左右の乳首を味わってから、彼女の腕を差し上げてスベスベの腋の下に鼻を埋めると、何とも甘ったるいミルクのような汗の匂いが艶めかしく鼻腔を満たしてきた。

「いい匂い……」

「嘘……、すごく汗臭いはずよ……」

囁くと明日香は小さく答え、挿入快感に高まりながらキュッキュッと彼自身を締め付けてきた。

浩司は徐々に腰を突き動かしはじめ、喘ぐ明日香の口に鼻を押し込んだ。

アイドルの口腔は熱い湿り気が満ち、甘酸っぱい果実臭の芳香に、微かに鼻腔の天井に引っ掛かるプラーク臭の刺激も感じられた。

思っていた以上に濃く艶めかしいので、浩司は膣内のペニスを歓喜に震わせて動きを速めていった。

「ああ……、いい気持ち……」

明日香が息を弾ませて喘ぎ、下からもズンズンと股間を突き上げはじめた。

実際は、まだ挿入でのオルガスムスは経験していないのだが、今は彼の淫気が流れ込んで、生まれて初めての快感に目覚めようとしていた。

浩司はあらためて唇を重ねながら、次第にリズミカルに腰を遣うと、愛液のヌメリが動きを滑らかにさせ、クチュクチュと湿った摩擦音も聞こえてきた。

「ンンッ……!」

明日香も熱く呻きながら、彼の舌に吸い付き、執拗にからみつけてきた。

浩司が、アイドルと一つになった感激と快感に、股間をぶつけるように激しく律動していると、

「い、いっちゃう……、ああーッ……!」

たちまち明日香が口を離して声を上げ、膣内を収縮させながらガクガクと激しく痙攣しはじめた。どうやら、膣感覚で生まれて初めてオルガスムスに達したようだった。

「く……!」

同時に浩司も絶頂の快感に貫かれて呻き、熱い大量のザーメンをドクドクと内部に注ぎ込んだ。

「あう……、すごいわ……」

噴出を感じた明日香が呻き、きつく締め付けながら快感に悶え続けた。

浩司は心ゆくまで快感を貪り、最後の一滴までアイドルの柔肉の奥に絞り尽くしていった。

すっかり満足しながら動きを弱め、明日香にもたれかかると、

「ああ……、こんなに感じたの初めて……」

明日香も満足げに声を洩らしながら、なおもキュッキュッと締め付けてきた。

浩司自身は過敏にピクヒクと震え、彼は美少女の甘酸っぱい息を嗅ぎながら、うっとりと快感の余韻を噛み締めたのだった……。

――バスルームに移動して全身を洗い流すと、もちろん浩司は床に座って目の前に明日香を立たせた。

「ね、オシッコ出して……」

「え……、顔にかかるわ……。まさか……、飲んじゃうの……？」

明日香は不思議そうに言い、それでもだいぶ尿意が高まってきたように白い下腹に力を入れてくれた。

浩司は股間を突き出した彼女の腰を抱えながら、割れ目内部に舌を這わせた。

すると、すぐにも迫り出すように柔肉が盛り上がり、温もりと味わいが変化して、チョロチョロと放尿が始まった。

「あう……」

明日香は呻きながら、次第に勢いを付けてオシッコを出し、浩司はやや濃い味と匂いに興奮しながら口に受け、喉に流し込んだ。

多くのファンも、明日香の出したものを飲みたいと切望していることだろう。

口から溢れた分が肌を温かく伝い、すっかり回復しているペニスを浸した。

やがて勢いが衰えると、間もなく放尿が終わり、浩司はなおも余りの雫をすすって割れ目の中を舐め回した。

「あん……、も、もういいわ……」

感じすぎた彼女が言って腰を引いた。浩司は身を起こしてバスタブのふちに腰を下ろし、入れ替わりに明日香を正面に座らせた。

ピンピンに勃起したペニスを鼻先に突きつけると、

「すごい、大きいわ……」

彼女が嘆息して言い、両手で包むように幹を支えて先端を舐め回してくれた。

「ああ、いい気持ち……」

浩司も残り香の中で、明日香の可憐な顔を見下ろしながら急激に高まった。

アイドルが自分のペニスに舌を這わせ、大きく口を開いてスッポリと呑み込んでいるのだ。

明日香は根元まで含むと頬をすぼめて吸い付き、内部ではクチュクチュと舌がからみついてきた。浩司は我慢せず一気にフィニッシュを目指し、アイドルの吸引と舌の蠢きで、あっという間にオルガスムスに達してしまった。

「い、いく……！」

快感に貫かれた浩司が口走ると同時に、ありったけのザーメンが勢いよくドクドクとほとばしり、明日香の喉の奥を直撃した。

「ク……！」

明日香は噎せそうになり、辛うじて第一撃を飲み込むと口を離した。

浩司は自分で幹をしごき、余りを彼女の顔じゅうに飛び散らせた。

「あん……」

彼女は目を攻撃されて声を洩らしたが、そのまま噴出を受け止めてくれた。

美しい顔や黒髪にも飛び散り、白濁の粘液が頬の丸みを伝って流れた。

浩司は全て出し切ると、余韻の中で先端を再びしゃぶってもらい、清らかな舌で尿道口を綺麗にしてもらった。

清純派のアイドルに、AV女優のようなことをさせ、また彼は回復しそうになってしまったのだった……。

3

「じゃ、これで行くわ。どうも有難う。不思議なお兄さん。私も頑張るから、これからも応援してね」

昨日の別れ際の明日香の声が、まだ耳の奥に残っていた。昼過ぎ、浩司は明日香のグラビアを眺めながら、彼女の匂いや感触を思い出していた。

しかし、この勢いでオナニーしようと思っていたら、そこへドアがノックされたのである。

「亜由に届け物を頼まれたのだけれど、こちらに寄りたくて来てしまったわ」

いきなり亜由の母親の春美が浩司のアパートを訪ねてきた。

もちろん浩司は大歓迎して彼女を上げ、熟れて漂う甘い匂いに彼はすぐにも股間を熱くさせてしまった。

「本当は面倒だったのだけど、どうしても、もう一度浩司君に会いたくて。いきなり来てごめんなさいね」

「いえ、構いません。何の届け物ですか」

「何でも、合コンの余興に使うので高校時代のセーラー服を持って来てくれって言うのよ。それで、あの子のロッカーに取ってあった制服を持って来たわ」

「へえ、母校の制服は懐かしいですね」

浩司は言ったが、実は亜由にそれを着てほしいと頼んだのは彼自身なのであった。そうしたら亜由は母親に頼み、本当に持って来てもらったのである。

しかし、そのときの楽しみは別にして、浩司は目の前の美熟女に淫気を集中させた。

本当は、いま持って来ているセーラー服を春美に着せてみたい気もするが、それでは裂けてしまうかも知れないので諦めた。

熟女とセーラー服という取り合わせも、なかなかに艶めかしいものだろう。

「あの、じゃ脱いで構いませんか」

「ええ、どうせシャワーを浴びてはいけないのでしょう?」

言うと、春美も承知し、羞恥を堪えて脱ぎはじめてくれた。

「まだ亜由とは会っていない?」

「ええ、彼女も忙しいようなので。でも近々会うことにしています」

本当は3Pまで経験しているのだが、春美はそのようなこと夢にも思っていないだろう。

たちまち二人は全裸になり、万年床に横たわった春美に腕枕してもらい、浩司は熟れ肌に密着した。

「アア、可愛い。会いたくて堪らなかったわ……」

春美は感極まったように言い、彼の顔を巨乳に抱きすくめた。

浩司は柔らかな膨らみに顔が埋まり、心地よい窒息感に噎せ返った。

隙間から懸命に呼吸すると、生ぬるく甘ったるい汗の匂いが濃厚に鼻腔を刺激してきた。彼は鼻先にある乳首にチュッと吸い付き、もう片方にも指を這わせながら舌で転がした。

「ああッ……、感じるわ……」

春美はすぐにも熱く喘ぎ、うねうねと熟れ肌を悶えさせはじめた。

浩司はのしかかり、左右の乳首を順に味わってから、腋の下にも鼻を埋め、ミルクに似た体臭で鼻腔を満たして酔いしれた。

そして彼は白く滑らかな肌を舐め下りてゆき、腹から豊満な腰、脚をたどっていった。

彼女も、前にされたことを全て体験したい気持ちでいっぱいなのだろう。拒むことなく、息を弾ませて身を投げ出していた。

浩司は足首まで行って足裏に回り込み、顔を押し付けて舌を這わせた。

指の股の蒸れた匂いを貪り、爪先にしゃぶり付いて濃厚な汗と脂の湿り気を味わった。

「アア……、そんなところいいから……」

春美がもどかしげに言って足を震わせ、彼は両足とも味と匂いを堪能してから脚の内側を舐め上げて股間に迫っていった。

ムッチリと量感ある内腿を舐め上げてみると、割れ目はすっかり粗相したように大量の愛液にまみれていた。

黒々と艶のある茂みに鼻を埋め、汗とオシッコの匂いを胸いっぱいに嗅ぎながら舌を這わせると、かつて亜由が生まれ出てきた膣口は淡い酸味の蜜にネットリと潤っていた。

そして突き立ったクリトリスまで舐め上げていくと、

「あう……、いい気持ち……！」

春美が身を弓なりに反らせて呻き、内腿できつく彼の顔を挟み付けてきた。

浩司はクリトリスを吸い、さらに脚を浮かせて豊満な尻に移動した。

双丘の谷間に閉じられた蕾に鼻を埋めたが、淡い汗の匂いしか籠もっていなかった。

さすがに出がけにシャワーを浴びてきたのだろう。だから全身に沁み付いているのは、僅か半日ほどの汗の匂いだけだった。

舌を這わせてヌルッと押し込み、粘膜を味わってから脚を下ろし、再びクリトリスに戻って吸い付いた。

「こ、今度は私がしてあげるわ……」

絶頂を迫らせた春美が言って身を起こし、彼も入れ替わりに仰向けになった。

「大きいわ……」

彼女が屹立した肉棒に迫って言い、指で幹を支えながら先端を舐め回し、そのままモグモグとたぐるように根元まで呑み込んでいった。

「ああ……」

浩司は深々と含まれて吸い付かれ、うっとりと快感に喘いだ。

春美は熱い息で恥毛をくすぐり、上気した頰をすぼめて吸いながらクチュクチュと舌をからめて生温かな唾液にまみれさせてくれた。

「い、入れたい。上から跨いで……」

浩司が高まって言うと、春美はスポンと口を引き離して起き上がり、今日は最初から女上位で跨がってきてくれた。

先端を膣口にあてがい、若いペニスを味わうようにゆっくり腰を沈めてきた。

彼自身はヌルヌルッと滑らかな肉襞の摩擦を受けながら根元まで没し、春美も完全に座り込んで股間を密着させた。

そして身を重ね、気が急くように腰を動かしながら大量の愛液を漏らした。

唇を求めると、春美も上からピッタリと重ね、舌を挿し入れてチロチロと蠢かせた。

吐息は白粉のような甘い刺激を含んで、心地よく鼻腔を満たした。

浩司は生温かな唾液をすすって喉を潤し、合わせてズンズンと股間を突き上げて絶頂を迫らせた。

「アアッ……、すぐいきそう……！」

口を離し、春美が声を上ずらせて喘いだ。

浩司も美熟女の唾液と吐息に酔いしれ、膣内の感触と締め付けの中で高まっていった。

「い、いっちゃう……！」

浩司が口走ると同時に、春美もガクガクと狂おしい痙攣を開始した。

そして彼が快感に貫かれながら、熱いザーメンを勢いよく内部にほとばしらせると、

「き、気持ちいいッ……、ああーッ……！」

噴出を感じた春美も声を上げ、膣内を収縮させながら激しくオルガスムスに達したようだった。

彼は美熟女の重みと温もりの中で快感を噛み締め、心置きなく最後の一滴まで出し尽くしていった。膣内はザーメンを飲み込むようにキュッキュッと締まり、次第に春美は強ばりを解きながら体重を預けてきた。

やがて浩司が突き上げを止めて荒い呼吸を繰り返すと、

「ああ……、よかったわ。溶けてしまいそう……」

春美も満足げに声を洩らし、グッタリともたれかかった。

しかし男と違うのは、いったら終わりではなく、いつまでも高まりがくすぶっているかのように、春美は執拗に彼の鼻を舐め回し、フェラチオするようにしゃぶってくれたのだ。

浩司は収縮する膣内でヒクヒクと幹を過敏に震わせ、美熟女の唾液と吐息を感じながら、うっとりと余韻を噛み締めたのだった……。

4

「来てしまいました……」

翌日の昼過ぎ、今度は志穂が浩司のアパートを訪ねてきた。事前にメールで、彼が在宅していることを知り、実家から来ている実母に赤ん坊を預けて来てしまったようだ。

もちろん浩司も待機していたから、胸と股間を脹らませて彼女を迎え入れた。

「じゃ、世間話なんかいいから、すぐ脱ぎましょう」

「ええ……」

浩司が言って脱ぎはじめると、志穂も答えて、モジモジとブラウスのボタンを外していった。

「何か、して欲しいことありますか？」

「あの、うんと乱暴にして下さい……」

訊くと、志穂は声を震わせ、期待に目をキラキラさせながら答えた。

やがて互いに全裸になると、浩司は志穂を仰向けにさせ、足首を摑んで浮かせて足裏を舐め、指の股に鼻を押しつけた。

しかし、蒸れた匂いは淡く籠もっているだけだった。

「あ、匂いが薄い。来る前にシャワー浴びましたね」

「ええ……」

「これじゃ興が乗らない。一時間ばかりマラソンしてきなさい」

「か、勘弁して下さい。どうにも我慢できないんです……」

志穂は哀願して彼に縋り付いてきた。浩司は彼女を大股開きにさせ、すでにヌルヌルになっている割れ目に顔を埋め込んでいった。

しかし、恥毛に籠もる汗の匂いも薄く、残尿臭はほとんどしなかった。

彼は淡い酸味のヌメリを舐め、少しクリトリスを吸っただけで脚を浮かせ、肛門に鼻を埋め込んで嗅いだ。

「ここも匂わない。非常識な！」

「ご、ごめんなさい……、どうにも、恥ずかしくて……」

「せめてオナラをしなさい」

「出ません……」

「オシッコは」

「今は無理です……」

「ううん、何の役にも立たない。見なさい。萎えている」

浩司は、勢いを失っているペニスを見せて言った。

「ごめんなさい。私が大きくしますから……」

志穂はオロオロしながら身を起こし、彼を仰向けにさせてペニスにしゃぶりついた。指で包皮を剝き、クリッと顔を出した亀頭を舐め回し、含んで小刻みに吸い上げた。

それでも刺激に、ペニスは美人妻の口の中でムクムクと反応していった。

「ンン……」

勃起を喜ぶように志穂が熱く鼻を鳴らして吸い、執拗に舌をからめてきた。

生温かな唾液にまみれ、吸引と舌の蠢きを繰り返されるうち、彼自身は志穂の口の中で最大限に膨張していった。

「勃ちました。入れていいですか……」

「よろしい、跨いで入れなさい」

浩司が偉そうに言うと、志穂は気が急くように身を起こし、彼の股間に跨がってきた。そして唾液に濡れた先端を、愛液の溢れている膣口に押し当て、息を詰めて腰を沈めていった。

たちまち屹立したペニスは、ヌルヌルッと滑らかな肉襞の摩擦を受けて根元まで呑み込まれ、彼女もピッタリと股間を密着させて締め付けてきた。

「アアッ……、いい……」

志穂が顔を仰け反らせて喘ぎ、グリグリと股間を擦りつけてから身を重ねてきた。浩司も顔を上げ、今日もポツンと母乳の雫を滲ませている乳首に吸い付いていった。

甘ったるい体臭だけは濃厚に漂い、彼は吸い付きながら股間を突き上げた。

「ああ……、すぐいきそう……」

志穂も突き上げに合わせて腰を遣い、次第に互いの動きが一致してリズミカルになっていった。

浩司は快感に包まれながら左右の乳首を交互に含んで吸ったが、そろそろ母乳の出る時期も終わりに近づいているのか、前回よりも出は少なかった。

それでも充分に喉を潤して甘ったるい匂いに包まれ、腋の下にも鼻を埋めて汗の匂いも貪った。

「お口の匂い嗅がせて」

さらに浩司は彼女の顔を引き寄せ、喘ぐ口に鼻を潜り込ませた。

「あ……」

志穂は恥ずかしげに小さく声を洩らし、否応なく熱い喘ぎを吐き出した。

湿り気ある息は、甘い花粉臭をベースにし、うっすらと歯磨き粉のハッカ臭も感じられた。

「歯を磨いてきたのか。抱いて欲しいくせに、なんてひどいことをするのだ。ハッカの匂いは嫌いなのに」

「ご、ごめんなさい……、そんなに、臭い方が好きなのですか……」

また志穂は、オロオロしながら声を震わせた。

「美女に臭い匂いはない。濃いか薄いかだけで、濃い方が綺麗な顔とのギャップがあって燃えるのだ」

「わ、私、綺麗じゃないです……」

「いいや、自分でどう思っているか分からないが、とっても綺麗です」

「そんな、苛めて欲しいのになぜ褒めるんです……」

志穂は混乱し、次第に快感に朦朧となっていった。

「匂いが薄くて気に入らない。せめて空気を呑み込んでゲップをしなさい」

浩司が罰のため突き上げを止めて命じると、志穂は懸命に何度か空気を呑み込んで息を詰め、ようやく小さくケフッとおくびを漏らした。

もちろん浩司は口に鼻を突っ込んで全て嗅いだ。

「ああ、やっと生臭い匂いがして嬉しい」

「アア……、は、恥ずかしい……」

彼の言葉に志穂は激しく悶え、大量の愛液を漏らしてクチュクチュと湿った摩擦音を立てた。ようやく浩司も両手を回して本格的に股間を突き上げ、唇を重ねてネットリと舌をからめた。

「ンンッ……！」

志穂は熱く呻いて舌を蠢かせながら、次第に激しく腰を遣い、膣内の収縮を活発にさせていった。

浩司も肉襞の摩擦に高まり、そのまま昇り詰めてしまった。

「い、いく……！」

口走ると同時に快感に貫かれ、ありったけの熱いザーメンをドクドクと勢いよく内部にほとばしらせた。

「アァッ！　いく、気持ちいいッ……！」

噴出を感じた途端に志穂もオルガスムスに達して喘ぎ、ガクンガクンと狂おしい痙攣を開始した。

行為は心ゆくまで快感を味わい、最後の一滴まで出し尽くした。

「ああ……、よかった……」

志穂も息を震わせて言い、肌の強ばりを解いてグッタリと彼にもたれかかってきた。まだ膣内がヒクヒクと名残惜しげに収縮を繰り返し、刺激されたペニスがピクンと過敏に跳ね上がった。

浩司は美人妻の温もりと重みを受け止めながら、うっとりと余韻に浸った。

「いいですか、この次に来るときは、前の晩から入浴とトイレ洗浄機と歯磨きは禁止ですよ。守れますか」

「え、ええ……、言う通りにいたします……」

志穂は答えたが、そのときの羞恥を思ったのか、膣内の収縮がまた激しくなってきた。

「アア……、そんな恥ずかしいことを言われると、またいきそうに……」

彼女が声を上ずらせて言い、再び腰を遣いはじめた。

浩司も勢いよく回復させ、またズンズンと股間を突き上げながら、もう一回二人で快楽を貪り合ったのだった。

5

「わあ、可愛い。高校時代のままだね」

亜由のハイツを訪ねた浩司は、セーラー服姿の彼女を見て歓声を上げた。

昼過ぎで、今日は午後から二人とも講義がないと知り、昨日のうちからメールで打ち合わせておいたのだ。

「恥ずかしいわ。まだ卒業してから三カ月足らずだからきついことはないけれど……」

亜由が、モジモジしながら言う。

母校のセーラー服は、白の長袖で、襟と袖だけ三本の白線の入った紺。スカーフは白で、スカートも濃厚だった。

そして単なるコスプレではなく、彼女本人が三年間着込んでいたためしっくりして、スカートの尻も僅かに擦れて光沢を放っていた。

そう、浩司はこの姿の亜由を、高校時代は毎日見て、家で妄想オナニーしていたのである。

「合コンの余興だと言って、ママに頼んで持って来てもらったの。変に思われなかったかしら」

亜由が言う。まさか母親の春美が、これを持って来たときに先に浩司のアパートに寄って濃厚なセックスをしたなど、夢にも思っていないだろう。

とにかく浩司は興奮を高め、手早く服を脱いで全裸になっていった。

辰美との三人での戯れも夢のようによかったが、やはり淫靡な秘め事は、こうして密室での一対一が最高なのだと実感した。

「ね、こうして……」

彼は全裸でベッドに仰向けになり、亜由の手を引いて言った。

彼女は、いったん全裸になり、その上から制服とスカートを身に着けたため、素足にノーパンである。

「昨日メールで、入浴とトイレの洗浄機と歯磨き禁止なんて書いてあったけど、本当にいいの……？　今日の午前中は体育もあったのに……」

「うん、守ってくれたんだね。嬉しい嬉しい。じゃここに立って、まず足を僕の顔に乗せて」

浩司が言うと、亜由も羞じらいながら素直に顔の横に立ち、そろそろと片方の足を浮かせ、彼の顔に乗せてくれた。

「ああ、変な感じ……」

亜由は言い、浩司も顔に美少女の足裏を受け止め、舌を這わせながらうっとりとなった。見上げると、憧れのセーラー服を着た亜由のスカートの中が僅かに見え、彼は激しく勃起した。

指の股に鼻を押しつけると、さすがにそこは汗と脂にジットリ湿り、生ぬるくムレムレの匂いが濃く沁み付いていた。

浩司は美少女の足の匂いに酔いしれてから、爪先にしゃぶり付いた。

順々に指の間に舌を割り込ませていくと、

「ああン……」

亜由がくすぐったそうに喘ぎ、壁に手を突いてフラつく身体を支え、ややもすればギュッと彼の顔を踏みしめてきた。

舐め尽くすと足を交代してもらい、彼はそちらも味と匂いを心ゆくまで貪り、やがて顔を跨いでしゃがみ込ませた。

セーラー服の美少女が和式トイレスタイルでしゃがみ込むと、M字になった脹ら脛と太腿がムッチリと張り詰め、丸見えの割れ目が鼻先に迫ってきた。

高校時代、こうして制服姿の亜由を真下から見たいと切望していたのである。

しゃがみ込んだため、割れ目もぷっくりと丸みを帯び、はみ出した陰唇が僅かに開いて、ヌメヌメと蜜に潤う柔肉が覗いていた。

浩司は腰を抱き寄せ、裾の中の暗がりに顔を埋め込んでいった。

柔らかな若草には、甘ったるい汗の匂いとほのかなオシッコの匂い、それに恥垢のチーズ臭もほんのり混じって鼻腔を刺激してきた。

「いい匂い……」

浩司はうっとりと嗅ぎながら言い、舌を這わせていった。

割れ目内部は生温かな蜜にまみれ、すぐにも淡い酸味のヌメリで舌の動きが滑らかになった。

息づく膣口を掻き回し、クリトリスまで舐め上げていくと、

「アアッ……、いい気持ち……」

亜由が熱く喘ぎ、今にも座り込みそうになりながら懸命に両足を踏ん張った。

さらに浩司は白く丸い尻の真下に潜り込み、顔じゅうにひんやりした双丘を受け止めながら、可憐なピンクの蕾に鼻を埋めた。

ここも、秘めやかな微香が生々しく籠もり、嗅ぐたびに微香が悩ましく刺激された。

浩司は胸いっぱいに嗅いでから舌を這わせ、襞を濡らしてヌルッと潜り込ませ滑らかな粘膜を味わった。

「あう……、汚いのに……」

亜由がか細く言って呻き、モグモグと肛門できつく舌先を締め付けてきた。

そして再び割れ目に戻ってクリトリスに吸い付き、

「ね、オシッコして。こぼさずに飲めそう……」

彼はせがみ、亜由もためらいながら懸命に下腹に力を入れはじめてくれた。

「あん、本当に出そう、いいの……？」

亜由が言い、浩司がなおも吸い付くと、とうとうチョロチョロと細い流れがほとばしり、彼の口に注がれてきた。浩司も噎せないよう注意しながら懸命に喉に流し込んだが、流れはすぐに治まってしまった。

残り香の中で余りの雫をすすり、割れ目内部を舐め回すと、

「も、もうダメ……」

制服だと快感が倍増するかのように、亜由がビクッと腰を引いて言った。

「じゃ、僕にして……」

浩司が仰向けのまま言うと、亜由は股間を引き離して横から屈み込み、まず彼の乳首を舐め、チュッと吸い付いてくれた。

「ああ、気持ちいい。噛んで……」

言うと亜由もキュッキュッと綺麗な前歯で刺激してくれ、彼は甘美な痛みと快感にクネクネと身悶えた。

彼女は両の乳首を愛撫してから股間に移動し、浩司の両脚を浮かせて肛門を舐め、脚を下ろして陰囊をしゃぶり、いよいよペニスを舐め上げ、スッポリと呑み込んできた。

喉の奥まで含んで吸い、熱い鼻息で恥毛をくすぐりながら舌をからめると、唾液にまみれたペニスがヒクヒク震え、浩司は急激に高まっていった。

「う、上から跨いで入れて……」

彼が言うと亜由もチュパッと口を離して身を起こし、すぐに跨がって、ペニスを受け入れて座り込んだ。

「アアッ……、いい……」

ヌルヌルッと根元まで納めて股間を密着させると、亜由が顔を仰け反らせて喘ぎ、キュッときつく締め付けてきた。

彼も温もりと感触を味わいながら手を伸ばし、制服をたくし上げて抱き寄せ、ピンクの乳首に吸い付いた。

両の乳首を舐めてから、乱れた制服に潜り込んで腋の下に鼻を埋めると、生ぬるく濃厚な汗の匂いが籠もり、鼻腔を甘ったるく満たしてきた。

「ああ……、いきそう……」

亜由がすぐにも高まり、自分から腰を動かしはじめた。浩司もズンズンと突き上げながら快感を味わい、やがて唇を求めていった。

チロチロと舌をからめ、生温かく清らかな唾液で喉を潤した。

そして彼女の喘ぐ口に鼻を押し込んで嗅ぐと、熱く湿り気ある息は濃厚に甘酸っぱい果実臭がして、悩ましく胸に沁み込んできた。

「ああ、何ていい匂い。亜由の匂いがこの世で一番好き……」

てしまった。

浩司は美少女の息を嗅ぎながら動きを速め、そのまま快感に貫かれて昇り詰め

そのまま彼は、熱い大量のザーメンを勢いよく注入した。

「あ、熱いわ、いく……、アアーッ……！」

ザーメンの噴出を受けると、亜由も声を上ずらせてガクガクと全身を震わせ、オルガスムスに達してしまったのだった……。

――浩司は、月影堂の吾郎を訪ねた。

「おお、来たか。出版が決まったぞ。前祝いをしよう」

すると吾郎が言い、茶ではなく缶ビールを出してくれ、二人で乾杯した。

「本当ですか」

「ああ、確実になった。だが一冊出したら、これからも書き続けないとならないぞ。必ず作風が好みだという読者ができるからな、そのために書くのだ」

「分かりました。頑張ります」

浩司は言い、ビールで喉を潤した。このまま官能作家になれるのなら、大学なんかどうだっていい。まあ親への建前上、どこか小さな会社にでも籍を置きなが

ら書けばいいだろう。

「いやあ、童貞の頃より、女を知った途端格段によくなった。やはり童貞の妄想だけでは、官能界には通用しないという一つの証明だな」

吾郎も上機嫌で缶ビールを飲み干し、今度は茶碗に酒を注いで飲みはじめた。

「それで先生、本名じゃ親に知られてしまうので、ペンネームをつけたいのですが。何かカッコいい名前を考えて頂けますか」

「カッコ良い名前か。わしは日活のアクション映画が好きでなあ」

浩司が頼むと、吾郎は急に酔いが回ったように、呂律の回らぬ口調で言い、日活が「にっかちゅ」に聞こえた。

「ははあ、にっかちゅですか」

「あはは、そうだ。にっかちゅに漢字を当てよう。日下忠《くさかただし》、どうだ」

吾郎が紙片にメモし、浩司に見せてくれた。

「日下忠。カッコいいですね。でも元は、にっかちゅなんですね」

「ああ、官能界で名前が三文字というのは売れるぞ。団鬼六、蘭光生、館淳一、藍川京、草凪優、橘真児、雨宮慶、堂本烈、牧村僚、黒崎竜、まだまだいる」

吾郎は言い、一服しながら酒を飲み干した。

かくして、官能作家の日下忠が誕生したのである。

（日下忠か……、うん、頑張るぞ……！）

浩司は、力強くそう思ったのだった。

巻末対談

睦月影郎×日下忠

睦月　いやあ、一気に書き上げました。あげく、日下さんのペンネームの由来まで勝手にデッチ上げちゃいました。すみません。
日下　いえいえ、二見書房の編集部から、「日下さんのことが出てきますよ」とメールを受け取ったときはどういうことなのかよくわからなくて。編集部ではその時点でこういう対談を載せたいという意向があったようで、それでゲラを送ってくださいました。拝読して、最後の最後でやっと私に対談の仕事が来た理由がわかりました。聞いてはいても、いざ目にすると驚くものですね。
睦月　あ、あまり言うとネタバレになっちゃうからね（笑）。
日下　あ、すみません。そうですね。で、結末を知った上でもう一度読んでみると、合間合間に「月影吾郎先生」が解説してくれることで、不思議な内容になってることがわかります。よく考えると、この作品自体が主人公の実体験なのか創作なのかという……。

睦月　とにかく、私の得意な特殊能力ものなのだけど、あまりにうまくいきすぎてわざとらしくならないように、月影吾郎――私なんですけどね（笑）――というワンクッションを設定したんですよ。
日下　ああ、実際に効果が出てますよね。今後の参考になりました。それに随所に官能小説の書き方のノウハウなんかもちりばめられてて、官能小説を書いてみたい人にも参考になる作品だと思います。まだデビューしたばかりの私が言うのもどうかとは思いますが。
睦月　もう大変なんだよ。私の書く濡れ場ってワンパターンだから、毎回毎回いつも工夫して設定するのが。
日下　そりゃあ、五百冊も超えれば大変だろうと思います。私なんか一生に五冊出せるかどうか……気が遠くなりますよ。
睦月　あ、まだ一冊だっけ。二見文庫の『濡れた花びらたち』がデビュー作？出たのが、去年の九月ころだったのかな。
日下　はい、あれから頑張って、いま二作目が完成しかかっているところです。
睦月　そう、『濡れた花びらたち』のプロフィールには私のファンだって書いてあって、嬉しかったけどね。

日下　ええ、睦月作品を百冊読めば、一冊は書けるんじゃないかなって勝手に思っていて。だから五冊は書けるんじゃないかと……。

睦月　まあ会社勤めしながらじゃ大変だろうけど、本書でも書いたけど、一冊でも出したら、そういう作風が好きだという読者が必ずいるから、継続して出すことが作家の義務なんですよね。

日下　はい、肝に銘じます。でも本書の主人公は十八歳ですからね、私と違ってまだ先が長い（笑）。

睦月　日下さんは、いくつだっけ？

日下　年男です。今年の誕生日で四十八。

睦月　ああ、それなら、まだまだだよ。職場に女性は多いの？

日下　いるにはいますが、私は酒が飲めないし、誰も誘うことなくまっすぐ帰宅して妻の手料理を食べ、執筆を……。

睦月　書く時間も確保しなくちゃいけないから、わからなくはないけどね。でも、いかんなあ。どんどん新たな女性を開拓しないと。

日下　はあ。とにかくシャワーを浴びる前の女性の足の指とお尻の穴を舐めて、オシッコも飲まないといけません——よね（笑）？

睦月　それは常識だよ。人として当たり前のことだからね。

日下　（笑）はい、心がけて、いつかそんな日が来るのを願ってます。

睦月　とにかく頑張って書き続けてね。わしもそろそろ若手に場所を空けないと体がもたないんだから。

日下　いやいや、そんなこと言わないでください。でも、早く先輩作家たちをおびやかせるように頑張りたいと思います。

睦月　では、官能小説界の未来のために乾杯！

日下　すみません。飲めないのでウーロン茶で……。

（平成二十八年五月二十五日、神田にて。構成・編集部）

＊この作品は、書き下ろしです。また、文中に登場する団体、個人、行為などは実在のものとはいっさい関係ありません。

二見文庫

絶倫王子《ぜつりんおうじ》

著者　睦月影郎《むつきかげろう》

発行所　株式会社 二見書房
東京都千代田区三崎町2-18-11
電話 03(3515)2311［営業］
03(3515)2313［編集］
振替 00170-4-2639

印刷　株式会社 堀内印刷所
製本　株式会社 村上製本所

ISBN978-4-576-16101-3
http://www.futami.co.jp/

二見文庫の既刊本

はまぐり伝説

MUTSUKI,Kagero
睦月影郎

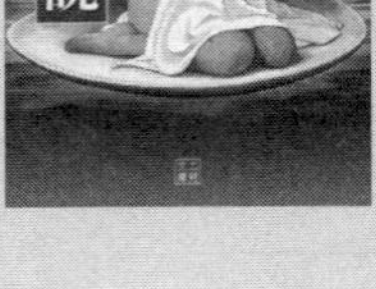

虹夫は、高校時代の恩師・由希子の招きで彼女の故郷を訪ねていた。その町では「蜃気楼を見て人魚と接触した男は性的パワーが増強」という噂だった。夕方、早々に蜃気楼を目撃した彼は、謎の美少女と出会って昇天させられ、以降、彼の女性運は急上昇。由希子の叔母、その娘――他と関係を重ねていくが……。人気作家による書下し官能絵巻！